Diogenes Taschenbuch 22460

Henry Slesar

Teuflische Geschichten für tapfere Leser

Aus dem Amerikanischen von Jürgen Bürger

Diogenes

Alle deutschen Rechte vorbehalten
Copyright © 1992
Diogenes Verlag AG Zürich
150/92/36/1
ISBN 3 257 22460 0

Inhalt

Eine Hand wäscht die andere

Mr. Mickel, seinen dick zusammengerollten Schirm zwischen den Knien, saß an der Theke, als sich die beiden Männer links und rechts von ihm aufbauten. Sie waren so eine Art Zwillinge. Beide hatten gebrochene Nasen, bei dem einen war sie nach rechts, bei dem anderen nach links verbogen. Beide waren um die Brust herum kräftig und an der linken Schulter ausgesprochen übergewichtig. Mr. Mickels spärlicher Schnurrbart bebte, als ihm der Grund für dieses Übergewicht dämmerte.

»Sie sind der Kerl, der nach Joe Lamb gefragt hat?«

Mr. Mickel hätte nicht mal sagen können, welcher von beiden gefragt hatte. Er stellte sein Ginger Ale auf die Theke und lächelte sie nacheinander an.

»Nun, das ist wirklich sehr nett von Ihnen.« Er nahm seine Brieftasche heraus, öffnete das Kleingeldfach und legte einen Dime auf die Theke. »Das ist für Sie«, sagte er strahlend zu dem Barkeeper, der darauf mit einem Brummen antwortete. Dann nahm Mr. Mickel seinen Schirm und stand auf.

»Folgen Sie uns«, sagten die Zwillinge.

Draußen am Bordstein wartete eine schwarze Limousine. Zwischen den beiden Männern auf dem Vordersitz war Mr. Mickel kaum mehr als ein schmaler Streifen grauen Flanells. Während der kurzen Fahrt in die Innenstadt versuchte er eine Unterhaltung anzufangen, erhielt jedoch keinerlei Reaktion. Er schluckte ein paarmal und machte es sich so gut es ging bequem.

Wie sich herausstellte, fuhren sie zu einem Lagerhaus. Mr. Mickel wurde in das Büro im ersten Stock gebracht, wo er, hinter einer Milchglastür, Mr. Cudder vorgestellt wurde.

Cudder hatte blaue Augen, ein stoppeliges Kinn und war viel zu massig und fett für seinen Drehstuhl. Er kaute auf einem Zahnstocher, musterte Mr. Mickel mit eiskalter Feindseligkeit und befahl den Zwillingen, draußen zu warten. Dann forderte er Mr. Mickel auf, Platz zu nehmen.

»In Ordnung«, sagte er. »Was wollen Sie von Joe Lamb?«

Mr. Mickel wirkte verlegen.

»Um ganz ehrlich zu sein, eigentlich wollte ich gar nicht mit Mr. Lamb sprechen. Ich hatte nur gehofft, vielleicht das Interesse seiner... Freunde wecken zu können, indem ich mich nach ihm erkundigte. Soweit ich weiß, befindet er sich in gewissen Schwierigkeiten.«

»Und ob er in Schwierigkeiten steckt.«

»Es geht dabei wohl um Geld, wie ich gehört habe...«

»Zwölf Riesen. Aber was geht Sie das an, Mister?«

»Hat Mr. Lamb... Ihnen dieses Geld gestohlen?«

»Sagen wir mal so: Er hat sich's ausgeliehen und dann vergessen, es wieder zurückzuzahlen. Aber machen Sie sich mal keine Gedanken. Wir haben in unserer Branche ziemlich gute Experten für das Eintreiben von Außenständen.«

Mr. Mickel legte den Griff seines Schirmes an sein Kinn. »Den Unterlagen entnehme ich – ich meine, zwischen den Zeilen steht das dort –, daß Mr. Lamb etwas, nun sagen wir, Drastisches zustoßen könnte.«

»Wer kann so was schon sagen?« Cudder zuckte mit den Achseln. »Sie wissen ja selbst, wie's ist. Man kann überfahren werden, wenn man nur über die Straße geht. In dieser Stadt passieren so schrecklich viele Unfälle.«

»Ja«, sagte Mr. Mickel.

Cudder schien jetzt von liebenswürdigem Smalltalk genug zu haben. Er beugte sich weit über den Schreibtisch, stieß dabei sein Kinn wie eine Faust vor.

»Und jetzt raus mit der Sprache«, sagte er barsch. »Was geht dich die Sache an, Freundchen? Wer bist du überhaupt?«

Mr. Mickels Brieftasche tauchte wieder auf, und er entnahm ihr eine Visitenkarte.

»Mein Name ist Mickel. Mr. Lamb ist Kunde meiner Gesellschaft, der *Mutual Eastern Life*. Er ist schon seit einer ganzen Reihe von Jahren mit einer recht beträchtlichen Police bei uns versichert.«

»Police?« Cudder blinzelte.

»Ja, eine Lebensversicherung. Über eine Versicherungssumme von zweihundertfünfzigtausend Dollar. Ich gestehe, daß er zum Zeitpunkt des Vertragsabschlusses ein für uns erheblich günstigeres Risiko darstellte. Das war, bevor er sich Ihrer... Ihrer Organisation angeschlossen hat.«

»Okay, dann ist er also versichert. Freut mich zu hören. Ich habe Mrs. Lamb schon immer gemocht.«

»Ja«, sagte Mr. Mickel besorgt. »Ich bin sicher, sie ist eine reizende Frau. Aber der springende Punkt ist, Mr. Cudder, unsere Gesellschaft zahlt nicht gerne eine solch hohe Summe aus, wenn es sich irgendwie vermeiden läßt. Das ist rein geschäftlich.«

»Sicher, das verstehe ich.«

»Und daher«, sagte Mr. Mickel, tupfte dabei seine feuchte Stirn ab, »möchten wir gern alles in unserer Macht

Stehende tun, um sicherzustellen, daß unsere Kunden – in diesem Fall Mr. Lamb – ein langes und blühendes Leben führen. Ohne, äh, Verkehrsunfälle.«

Cudder lehnte sich zurück. Dann fing er leise an zu lachen. Sein Wanst hüpfte hinter dem Schreibtisch auf und ab.

»Ja, das ist ganz schön clever«, sagte er. »Ich verstehe Ihr Problem. Nur, Sie haben Ihr Problem, und wir haben unseres, daher fürchte ich, daß wir nichts für einander tun können.«

»Oh, doch, doch, das können wir.«

Mr. Mickel griff in seine schmale Anzugtasche. Das flexible schwarze Buch, das dann auftauchte, war mit hübschen grünen Seiten gefüllt. Er schlug das Buch auf dem Schreibtisch auf und zog einen silbernen Federhalter aus seiner Tasche.

»Sehen Sie, Mr. Cudder«, sagte er, »unsere Gesellschaft ist bereit, Ihnen Ihren Verlust zu ersetzen. Wie hoch auch immer der Betrag ist, den Mr. Lamb Ihnen schuldet, wir sind bereit zu zahlen. Und ohne jede weitere Verpflichtung.«

Cudders blaue Augen wurden groß. »Wollen Sie mich auf den Arm nehmen?«

»Nein, Sir, es ist mir durchaus ernst. Sie sagen, Mr. Lamb würde Ihnen zwölftausend Dollar schulden? Ich werde Ihnen gern einen Scheck über diesen Betrag ausstellen.«

»*Sie* wollen mir die zwölf Riesen geben? Wie können Sie es sich leisten, so was zu tun?«

»Wie ich schon sagte, es ist rein geschäftlich. Wenn Sie garantieren, daß Mr. Lamb nichts zustoßen wird, würden wir uns sehr freuen, Ihnen die gewünschte Summe zahlen zu dürfen. Sehen Sie, die Differenz zwischen zwölftausend und zweihundertfünfzigtausend ist doch beträchtlich. Und genau das ist der Grund, warum wir Ihnen dieses doch recht ... nun, unorthodoxe Angebot machen. Wären Sie damit einverstanden?«

Cudder grinste.

»Alles klar, ich nehm's an.«

Die Formalitäten waren in zwei Minuten erledigt. Doch bevor Mr. Mickel wieder seinen Schirm nahm, sagte er: »Ach, ja, übrigens, Mr. Cudder. Das, was Mr. Lamb da passiert ist ... nun, ja, so etwas könnte doch jedem in ihrer Branche zustoßen, oder nicht?«

»Ja, wir sind alle manchmal unvorsichtig. Wieso?«

»Nun, war nur ein Gedanke. Wenn *Sie* eine Police bei der *Mutual Eastern* besäßen, dann würden wir uns freuen, das gleiche auch für Sie tun zu dürfen. Natürlich sind die Prämien bei einem Mann Ihres Berufes ein wenig hoch, aber ich bin sicher, Sie erkennen den Nutzen einer solchen Versicherung.« Er strahlte. »Ich könnte den Versicherungsbeginn der Police auf den heutigen Tag datieren, wenn Sie die erste Prämie jetzt sofort zahlen.«

Cudder dachte nicht lange darüber nach.

»Wir sind im Geschäft, mein Freund«, sagte er.

Die Zwillinge fuhren Mr. Mickel nach Hause. Unterwegs erzählte er von dem Dienst, den er Mr. Lamb erwiesen hatte. Als er wenig später aus dem Wagen stieg, steckten drei Prämien-Schecks in seiner Tasche.

Vertreterglück

Es war ein absolut lausiger Tag gewesen, und mit seiner rechten Hand (in der linken hielt er natürlich den Musterkoffer) umklammerte Barney Wallace in seiner Hosentasche den Sechsdollarfünfunddreißig-Beweis für dessen Unergiebigkeit.

Wo waren all die unter akutem Bürstenmangel leidenden Hausfrauen, die nur darauf warteten, ihn durch die Haustür zu zerren und ihm die Dollars in die Hand zu drücken?

Er warf einen kurzen Blick auf seine Uhr – es war vier Uhr dreißig – und setzte ein gut geübtes Tap-ta-tap auf die Wohnungstür vor ihm. *Anklopfen, nicht klingeln*, stand im Handbuch. *Geben Sie eine Probe, wecken Sie Interesse, verschaffen Sie sich Zutritt in die Wohnung.*

Die Tür öffnete sich. »Ja?«

»Einen wunderschönen guten Tag. Darf ich Ihnen eine Gratis-Probe überreichen?«

Sie war mißtrauisch. »Eine Probe von was?«

»Nur ein kleines Geschenk von der *Adams Company*. Wenn ich vielleicht kurz hereinkommen dürfte...«

»Ich habe gerade gebohnert.«

»Ach, ja? Haben Sie schon einmal *Adams Ultragloss* versucht? Es ist eines der am meisten verkauften...«

Die Distanz zwischen Tür und Vertreter verringerte sich. »Nein, danke.«

Peng. Stille. Leises Fluchen.

»Sechs Dollar fünfunddreißig«, brummte Wallace.

Es war nicht das Geld, das ihm Sorgen machte. Es war vielmehr die Vorstellung von der Szene, die ihn erwartete, wenn er wieder nach Hause kam. Gloria, die ihn durch die Wolke aus Zigarettenqualm anblinzelte, dann ihr allabendliches: »Und? Wieviel Geld bringst du heute nach Hause?«

Barney starrte ohne große Hoffnung die einzige Wohnungstür an, die seine Knöchel noch nicht berührt hatten. Er klopfte an. Er hörte Geräusche. Es war jemand zu Hause. Er klopfte wieder. Tap-ta-tap. Höflich.

Schließlich wurde die Tür geöffnet.

Eine attraktive Frau musterte ihn durch den zwanzig Zentimeter breiten Spalt zwischen Tür und Türrahmen. Sie hatte blonde Haare, und ihre Augen waren blau und weit aufgerissen. Sie starrte sein entschlossenes Gesicht mit einem wilden, beinahe anormalen Blick an, während ihre Hand verzweifelt an einer Perlenkette um ihren Hals zerrte.

»Was ist denn? Was wollen Sie?«

»Einen wunderschönen guten Tag. Darf ich Ihnen eine Gratis-Probe überreichen?«

»Nein! Gehen Sie!«

»Es ist doch *umsonst*, um Himmels willen!« explodierte Barney. »Ich *schenke* es Ihnen! *Bitte*, lassen Sie mich doch eintreten!«

»Nein! Lassen Sie mich in Ruhe, habe ich gesagt!«

»Hören Sie, Madam.« Er kochte. »Sie verstehen nicht richtig. Ich erwarte nicht, daß Sie irgend etwas kaufen. Wenn ich vielleicht nur kurz hereinkommen dürfte...«

Sie versuchte jetzt, die Tür zuzudrücken, und Barney drückte ebenfalls.

»Ich sagte, Sie sollen verschwinden!«

»Madam, bitte!« Plötzlich entspannten sich ihre Muskeln, und die Tür flog auf.

Und in diesem Augenblick sah er das rote Zeug, das vorne von ihrer Plastikschürze tropfte.

»Madam, Sie bluten ja...«

»Nein, tue ich nicht!« kreischte sie. »Bitte, gehen Sie jetzt endlich! Ich bin sehr beschäftigt.«

Er warf einen Blick an ihr vorbei, durch die Diele der kleinen Wohnung, und *meinte* zu sehen, daß...

»Lady! Ist das da...«

Er kam nicht dazu, seinen Satz zu beenden. Sie hatte seine kurze Unaufmerksamkeit genutzt und schnell die Tür zugeknallt.

Der Fahrstuhl hielt, und Barney trat in das Foyer des Gebäudes hinaus und ging zu dem Mieterverzeichnis neben den Briefkästen.

»Apartment 6-D«, murmelte er leise vor sich hin.

Dann fand er es. »Berger. William M.«

Als nächstes suchte er den Portier.

»Entschuldigen Sie. Ich suche einen Mr. Berger. Mr. William Berger.«

»Ja, er ist zu Hause. Apartment 6-D. Ich habe ihn vor einer Stunde nach Hause kommen sehen.«

Er drehte sich um und stieg wieder in den Fahrstuhl.

Barney blieb einen Augenblick vor der Wohnungstür stehen, dann klingelte er.

Die Tür wurde geöffnet.

Sie hatte sich umgezogen. »Sie schon wieder? Was wollen Sie?«

»Entschuldigen Sie, Mrs. Berger. Aber wenn ich vielleicht einen Augenblick hereinkommen könnte...«

Sie biß die Zähne zusammen. »Wollen Sie, daß ich die Polizei rufe?«

»Es könnte sehr peinlich für Sie sein, jetzt die Polizei zu rufen. Nicht wahr?«

»Was wollen Sie damit sagen?«

Barney lächelte. »Nun ... soweit ich weiß, ist *Mister Berger* zu Hause.«

Sie zögerte, dann öffnete sie die Tür.

»In Ordnung. Kommen Sie rein.«

Er trat ein.

»Ich habe hier«, sagte er feierlich, »die *Adams Teppich- und Bodenbürste.* Zweireihige Ausführung mit feinen Fasern in stahlverstärktem Rücken. Es ist eine wunderbare Bürste, um diese besonders hartnäckigen Flecken wegzuschrubben. Sie wissen schon, Kaffee, Tinte, Blutflecken ...«

»In Ordnung, in Ordnung!« sagte sie.

»Dann hätte ich hier auch noch *Adams Desinfektionsmittel.* Und diese wundervollen *Adams Haarbürsten.* Für diese ruhige, gelassene Wirkung. Sie wissen schon, was ich meine. Und natürlich wären da noch *Adams Kosmetika.* Genau das Richtige, was Sie benötigen, wenn Sie bei ... allen ... Gelegenheiten zu Ihrem größten Vorteil aussehen wollen.«

Er verließ die Wohnung mit achtunddreißig Dollar neunundfünfzig. Zusätzlich zu den sechs Dollar fünfunddreißig, die er bereits in der Tasche hatte, machte das alles in allem vierundvierzig Dollar vierundneunzig.

Ganz und gar kein schlechter Tag.

Noch ist nicht aller Tage Abend

Lou Bundridge drückte auf den Knopf, und die langsam laufende *Miehle*-Druckmaschine kam zum Stillstand. Er nahm den ersten Probeabzug heraus und schob die randlose Brille auf seine Nasenspitze, um die Seite fachmännisch zu begutachten.

Die schmalen Buchstaben der *Caslon*-Schrift wurden plötzlich undeutlich. Was war das? Ein nicht ganz sauberer, verschwommener Andruck? Er hielt die Seite dichter vor seine Augen. Nein. Der Fehler lag an seinen Augen. Lou Bundridge kämpfte mit den Tränen, und darüber schämte er sich so sehr, daß er mit seiner Hand gegen die Seite der Druckerpresse schlug. Dann bekam er sofort ein schlechtes Gewissen, die Maschine so grob zu behandeln wie ein Mann, der seine Frau schlägt.

Um fünf Uhr hängte er seine schmutzige Schürze in den Spind und ging zum Waschbecken hinüber, um seine Hände so gut es ging zu reinigen. Mike Sandler kam herein und sagte: »Was meinst du, Lou? Hast du heute abend Lust auf eine Partie Billard?«

Lou wollte schon etwas sagen, doch die Worte blieben irgendwo zwischen Brust und Hals stecken. Er schaute zu der ruhigen Presse zurück, und ihm wurde bewußt, daß er ihre herrlich mahlenden Geräusche zum letzten Mal gehört hatte. Er musterte sich in dem fleckigen Spiegel über dem Waschbecken und sah einen alten Mann mit schlechten Augen. »Nicht jetzt, Mike«, brachte er irgendwie heraus. »Nicht heute abend.«

»Okay, dann begleite mich ein Stück. Bist du nicht stolz?«

Auf dem Weg zur Tür zog Lou sich seinen Mantel über. Er wollte kurz stehenbleiben, um noch einen letzten Blick auf die reglose *Miehle* zu werfen, doch Mike schob ihn weiter, lotste ihn den Korridor der *Excelsior Printing Company* hinunter zu der Tür mit der Aufschrift PRÄSIDENT.

»Hier ist er, Leute!«

Da er seine Brille in der Tasche hatte, sah er nicht mehr als nur einen verschwommenen Flecken rosiger Gesichter und dunkler Anzüge. Und dann hörte er den Gesang.

»For he's a jolly good fellow ... for he's a ...«

Mike Sandler lachte, freute sich wie ein Kind. Er klopfte Lou auf den Rücken, und dann waren die Stimmen überall um ihn herum, machten laute Geräusche, gerade so, als gäbe es irgend etwas zu feiern.

»Bundridge ...« Es war der Präsident; der junge, nicht der alte Drucker, den Lou gekannt und geliebt hatte. »Bundridge, wir dachten uns, daß Sie nicht einfach von uns gehen sollten ...«

Alle lachten. Lou setzte seine Brille auf und starrte den Sprecher an, starrte die Männer an, die mit freudigen Mienen einen Kreis um ihn gebildet hatten. Was feierten sie? Ein kurzsichtiger alter Mann wird mit Einverständnis der Gewerkschaft rausgeworfen ... Worüber lachten die da alle?

Dann erkannte er, daß sie es nur gut gemeint haben mußten. Doch an dem traurigen Blick in seinem Gesicht konnte er nichts ändern. »Das ist sehr nett von Ihnen«, sagte er.

Jemand reichte ihm eine Flasche, und Lou schob sie mit seinen mit Druckerschwärze beschmierten Fingern zur

Seite. »Seit 1948 nicht mehr«, sagte er, und wieder lachten alle, als wäre es ein großartiger alter Witz.

»Eine Rede! Eine Rede!« rief eine fistelige Stimme.

»Was sagst du dazu, Lou?« Das war Anderson, der Chefsetzer, dessen breites Gesicht durch den Alkohol bereits gerötet war. »Was hast du uns zu sagen?«

»Ich werde hier die Reden halten«, meinte der Präsident grinsend. Er legte seinen Arm vertraulich um Lous Schulter, und Lou konnte die weißen Finger mit ihren sauberen Nägeln auf seinem Revers liegen sehen. »Lou ... Sie sind immer einer der besten Leute der Firma gewesen, das wissen wir alle. Sie waren der ... der Fels, auf dem *Excelsior* aufgebaut war, und das seit ... Seit wann noch gleich?«

Lou räusperte sich. »1905«, sagte er. »Ich habe 1905 angefangen. Natürlich war ich da noch ein Junge. Ein Setzerjunge.«

»Einundfünfzig Jahre!« brüllte irgendwer, als wäre es das Unglaublichste auf der Welt. »Stell sich das nur einer vor ...«

»Ein ganzes Leben«, sagte der Präsident weise.

»Komm, nur ein kleines Schlückchen, Lou.« Mike drängte ihm die Flasche auf. Er sah in sein vertrautes, sommersprossiges Gesicht, und Lous Augen verschleierten sich. Er nahm die Flasche, und alle jubelten. Der Alkohol brannte in seinem Hals, und er mußte husten.

»Eine Rede! Eine Rede!«

»Gebt ihm einen Stuhl!«

Lenox, der Chefkorrektor, tauchte hinter ihm auf, und ein Stuhl knallte von hinten gegen Lous Kniekehlen. Verwirrt setzte er sich.

»Lou ...« Eine Hand auf dem Rücken, trat der Präsident vor ihn. »Lou, es ist uns eine große Ehre, Sie gekannt zu haben. Das meine ich wirklich so. Und wir alle hier bei *Excelsior* wünschen uns, daß Sie wissen, wie tief wir dies empfinden.« Sein Arm tauchte hinter seinem Rücken auf und brachte ein schwarzes Lederetui zum Vorschein. »Dies hier ist nichts im Vergleich zu dem, was wir gern für Sie tun würden, Lou. Sie sind so etwas wie ein Vorbild für uns alle.« Er schwankte ein wenig. Oder war es der Alkohol, der seine Wirkung auf Lous Gehirn tat? »Um also unsere Dankbarkeit zu zeigen, Lou, möchte ich Ihnen – voller Freude, aber auch voller Bedauern – dieses kleine Zeichen unserer Wertschätzung überreichen.«

Jetzt drängten sie sich alle um ihn, beobachteten sein Gesicht. Der Präsident öffnete feierlich das Etui. Es war eine Uhr mit einem goldenen Band, und auch sonst war alles aus Gold. Lou starrte sie an, als hätte er noch nie in seinem Leben eine Uhr gesehen.

Der Präsident lachte. »Nicht besonders originell, fürchte ich. Aber es ist eine gute Uhr, Lou. Sie zeigt sogar die Zeit an.«

Anderson lachte, und Mike schlug ihm auf die Schulter. »Na los, Mann! Sie gehört dir!«

Er nahm die Uhr entgegen, und die Gruppe applaudierte.

»Sie haben es sich wirklich verdient«, sagte der Präsident. »Jede einzelne Sekunde. Schauen Sie...« Er beugte sich vor, um ihm die Besonderheiten der Uhr zu zeigen. »Automatik. Nichtmagnetisch. Sekundenzeiger. Schöne, große Ziffern, damit Sie...« Er sprach nicht weiter, war betreten.

»Ich weiß!« sagte Lou verbittert.

»Komm schon«, sagte Mike. »Halt eine Rede!«

»Eine Rede!« rief die fistelige Stimme.

Die Uhr fest umklammernd stand Lou Bundridge auf. Er sah die erwartungsvollen Gesichter eines nach dem anderen an, und ein paar wütende Worte lagen ihm auf den Lippen. Dann sah er Mickeys gutmütiges Lächeln und murmelte nur: »Danke. Vielen Dank...«

Sie jubelten, als wäre er der König von England.

Lou legte die Uhr erst an, als er aus der Tür war. Er beeilte sich, den Haupteingang der *Excelsior Printing Company* schnell hinter sich zu lassen, überquerte ohne nach links oder rechts zu schauen die Straße. Taxis hupten wütend, während er unbeirrt weiterging, und der Cop in der Mitte des Kreisverkehrs brüllte ihm irgend etwas nach.

Er war schon auf dem Weg zur U-Bahn, doch kaum sah er das Gedränge am U-Bahn-Eingang, überlegte er es sich anders. Statt dessen entschied er, daß ihm die frische Luft den Kopf wieder freimachen würde und er auch weiter oben in der *Twenty-third Street* in seine Bahn steigen konnte. Also marschierte er Richtung Norden los; er ging viel zu schnell für einen Mann seines Alters.

An der *Twenty-first Street* blieb er kurz an einem Zeitungskiosk stehen und kaufte sich die Abendzeitung. Er warf einen Blick auf die Schlagzeilen – große, verschwommene, schlecht gedruckte Antiqua-Buchstaben – und schüttelte angewidert seinen Kopf.

Am Ende des Blockes merkte er plötzlich, daß er außer Atem war. Er verlangsamte sein Tempo, schnaufte und lehnte sich gegen ein Gebäude.

Muß wohl an diesem Drink liegen, dachte er.

Ein Drink...

Tja, warum eigentlich nicht? Wie oft wird man schon an

die Luft gesetzt? Für ihn war es jedenfalls das erste Mal. Bei *Excelsior* hatte es immer einen Job für ihn gegeben, immer eine Druckerpresse, die seine sichere Hand brauchte. Und jetzt – nachdem seine Augen schlecht geworden waren – würde keine Firma in der Stadt ihn mehr nehmen wollen. Konnte man es ihnen verübeln? Auch sie waren stolz auf ihre Arbeit.

Wieder warf er einen Blick auf die Zeitung und runzelte die Stirn. Oder nicht?

Ein Drink...

Verdammt, wieso nicht? dachte er.

Die nächste Bar lag nur drei Hauseingänge entfernt, und sie hieß *Lucky Seven*.

In der Bar waren nur zwei Leute. Ein Barkeeper mit einer Augenklappe über dem linken Auge und Unterarmen so dick wie Oberschenkel. Dann noch ein junger Bursche in Lederjacke und Pullover, der über seinem Bier brütete.

»Rye«, sagte er und setzte sich an die Theke.

»Rye und was?«

»Rye und nichts!« erwiderte Lou scharf. Der Barkeeper sah ihn bekümmert an, und Lou sagte: »Und Wasser.«

Das erste Glas trank er noch schweigend, dachte nicht einmal an seine Probleme. Trank einfach nur, konzentrierte sich auf das Feuer, das seine alte Kehle hinunterlief, fragte sich, ob er besonders klug handelte. Beim zweiten Drink war es anders. Der Whisky ging samtig runter, gab ihm Gelegenheit, darüber zu sinnieren, wie schlecht die Welt ihn behandelte.

Als dann das dritte Glas vor ihm stand, war er gesprächig, selbst wenn man das von dem Barkeeper nicht gerade sagen konnte.

»Vierhundert, vierhundert«, sagte er. Das gesunde Auge des Mannes funkelte ihn an. »Das ist meine Sehstärke«, erklärte er. »Vierhundert zu vierhundert. Wissen Sie, ich bin Drucker.«

Der Barkeeper seufzte und lehnte sich gegen seine Kasse. »Ja, klar doch, Pop«, sagte er.

»Nein, im Ernst. Ich bin wirklich Drucker. Seit einundfünfzig Jahren. Ich hab nur diesen Stigmatismus, oder wie das heißt. Ich kann die Drucktypen nicht mehr so gut erkennen. Das ist in meinem Beruf sehr wichtig, müssen Sie wissen.«

»He«, sagte der junge Bursche am anderen Ende.

»'tschuldige mich mal kurz, Pop.« Er ging, um dem anderen ein weiteres Bier zu zapfen. Und dann, irgendwie zu Lous Überraschung, kehrte er zurück.

»Okay, Pop. Wo liegt dein Problem?«

»Sie haben mich gefeuert«, sagte Lou mit einem sentimentalen Ausdruck in der Stimme. »Gefeuert. Nach einundfünfzig Jahren. Nur, daß sie es Pensionierung nennen.«

»Geh nach Hause und zünd eine Kerze an. Ich an deiner Stelle wär verdammt froh.«

»Sie verstehen nicht...«

»Ach, ja? Paß auf, *ich* hätte absolut nichts dagegen, vorzeitig in Rente geschickt zu werden...«

»Sie haben sogar das Einverständnis der Gewerkschaft. Ich habe Fehler gemacht. Meine Augen, wissen Sie. Heutzutage muß immer alles absolut perfekt sein...« Er erinnerte sich an die Zeitung und knallte sie auf die Theke. »Perfekt!« stieß er verächtlich aus.

Der Barkeeper drehte die Zeitung um und las die letzte Seite. »Die Yanks haben verloren«, brummte er.

»Verloren«, sagte Lou Bundridge mit glasigen Augen.

Er starrte immer noch vor sich hin, als der fünfte Drink eingeschenkt wurde, und die Stimme des Barkeepers war plötzlich freundlicher.

»Der geht aufs Haus, Pop...«

»Ja. Danke...«

Er schaute auf und stieß dann sein Handgelenk vor. »Hier, bitte. Sehen Sie das? Gold. Massives Gold.«

Der Barkeeper pfiff leise, und der junge Bursche am anderen Ende der Theke schaute zu ihnen herüber.

»Mehr ist mir nicht geblieben«, sagte Lou. »Die haben sie mir da drüben geschenkt. Eine goldene Uhr. Um mich an all die Zeit zu erinnern, die ich zur Verfügung hatte...«

Der junge Bursche hatte sein Bier abgestellt und starrte jetzt einfach nur noch.

»Sehr nett«, sagte der Barkeeper.

»Finden Sie?« Lou nahm die Uhr mit zitternden Fingern ab. »Hier. Kaufen Sie sie. Zwei Cents, mehr verlange ich nicht dafür. Mehr ist sie mir nicht wert...«

»Also, jetzt hör aber mal, Pop...«

»Mehr ist sie nicht wert!« Seine Stimme war laut. »Mehr liegt mir nicht an ihren lausigen Uhren! Ich bin Drucker! Ich bin doch kein Eisenbahner! Es ist mir egal, wieviel Uhr es ist...«

Der Barkeeper nahm das Glas fort. »Schon was gegessen, Pop? Wie wär's? Willst du was aus der Küche?«

»Nein. Nein!« sagte Lou erregt. »Ich will nichts ... von keinem Menschen...« Er rutschte von dem Barhokker und ging auf die Tür zu. Dann erinnerte er sich wieder an die Drinks und knallte ein paar Scheine auf die Theke. Der Barkeeper ging zur Kasse und kam mit dem Wechselgeld zurück.

Aber Lou war fort.

Unmittelbar nach ihm ging auch der junge Bursche in der Lederjacke.

Die kalte Luft auf der Straße erwischte Lou wie ein weiterer Drink. Er schnappte nach Luft und sackte gegen ein Geländer.

Alles war still.

»Pssst!«

Er schaute, mit trübem Blick, zu einem merkwürdig vertrauten Gesicht auf.

»Was wollen Sie?«

»Hör mal, Pop. Kann ich mal eine Sekunde mit dir reden?«

»Gehen Sie. Ich fühle mich ... nicht gut ...«

»Nur eine Sekunde, Pop. Na, was meinst du? Nur eine Sekunde, mehr nicht.«

Er blinzelte den jungen Burschen an. »Was wollen Sie?«

»Ich brauche Hilfe. Ehrlich. Weißt du, ich hab vorhin da drinnen mitgehört, was du diesem Kerl da erzählt hast. Weißt du, ich bin Drucker. Ich meine, ich gehe auf die *New York Printing Trades*, und ich hab da ein Problem ...«

»Drucker?« Lou richtete sich auf. »Sie?«

»Ja. Und ich hab mich eben erst gefragt ... ich meine, vielleicht könntest du mir einen Rat geben.«

»Sicher. Sicher kann ich das.« Lou zwang sich zu einem blassen Lächeln. »Freue mich, dir helfen zu können, mein Sohn. Ich habe schon vielen Grünschnäbeln geholfen – *Druckerteufel* haben wir sie früher immer genannt. Weil sie nämlich ...«

»Ja, ja, klar. Komm jetzt einfach mal kurz mit, okay? Ich meine, dann können wir uns besser unterhalten. Das hier ist nicht der richtige Ort, du verstehst, was ich meine?« Er packte den alten Mann am Arm und zog ihn aus dem Licht der Straßenbeleuchtung.

»Klar mach ich das«, nuschelte Lou beinahe glücklich. »Worauf du dich verlassen kannst, mein Junge ...«

Mit Unterstützung des jungen Burschen schaffte er es um die nächste Ecke. Die Seitenstraße war dunkel und schmal. Dann fiel ihm auf, daß sie menschenleer war und daß ein Hilferuf von niemandem gehört werden würde.

»Okay, Pop! Rück die Uhr raus!«

»Was?« Er war verdutzt.

»Du hast schon verstanden! Die Uhr! Die goldene Uhr!«

Lou starrte auf sein Handgelenk. »Du willst die Uhr?« sagte er benommen.

Der junge Bursche griff nach ihr, kämpfte mit dem Verschluß des Bandes. Lou starrte ihn groß an und wich dann zurück.

»Nein! Nein, die kannst du nicht haben!«

»Du wolltest sie doch sowieso *verschenken*!« schrie der Junge. »Du alter Simulant! Rück jetzt die Uhr raus!«

Die kräftigen jungen Arme des Jungen legten sich um seinen Hals. Lou kämpfte, aber in seinem Körper war auch nicht die geringste Kraft und in seiner Kehle kein Hilferuf.

»Ich leg dich um! Ich leg dich um!« kreischte der junge Bursche.

Und dann, irgendwie, reagierten die Muskeln des alten Mannes doch noch. Seine starken Hände legten sich um die Arme des Jungen und drückten zu. Er drehte ihn um und brach seinen Griff. Der Bursche landete mit einem dumpfen Schlag gegen die Außenwand des Backsteinge-bäudes hinter ihm.

»Du dreckiger . . .«

»Nein!« schrie Lou. »Sag das nicht!«

Der junge Bursche wollte schon wieder auf ihn losstürmen, doch Lou Bundridge war schneller. Seine Finger legten sich um den Hals des Jungen, und er stieß den Kopf gegen die Wand zurück. Mit einem schrecklichen Geräusch schlug er auf, das nur einer von ihnen hörte.

»Nein!« brüllte Lou. »Du hast mich angelogen! Du bist kein Drucker!« Wieder schlug er den Kopf fest gegen die Wand, und dann noch einmal. »Du bist ein Dieb! Ein gemeiner Dieb!« schrie der alte Mann.

Und wieder, aus purer Wut, knallte er den jungen Kopf erneut gegen die Mauer. Dieses Mal war es ein leises, gedämpftes Geräusch.

Dann trat er einen Schritt zurück und ließ den Körper des Jungen auf die Erde gleiten.

Er sah ihn einen Augenblick lang an, wollte sagen: »Tut mir leid . . .« Er zog die Armbanduhr aus und warf sie dem Jungen in den Schoß. In der Dunkelheit konnte er eine der Eigenschaften der Uhr erkennen, die der Präsident vergessen hatte zu erwähnen. Die Zeiger und Ziffern leuchteten; man konnte sie auch bei Dunkelheit recht gut erkennen.

Dann drehte er sich um und lief fort.

Lou wohnte mit anderen alten alleinstehenden Männern in einer Pension. Sein Zimmer war stets warm und schien ihn abends immer willkommen zu heißen. Er knipste das Licht nicht an und ging zu dem antiquierten Sofa mit seinen verwühlten Schonbezügen. Er setzte sich, legte seinen Kopf auf die Lehne und döste ein.

Eine Viertelstunde später wurde er wieder wach, fühlte

sich noch ausgelaugter als vorher. Er beschloß, daß es klug wäre, etwas zu essen. In der Küche hatte er ein paar Konserven, aber er war viel zu müde, sich etwas warm zu machen. Also trank er nur etwas Milch und kaute lustlos auf ein paar Kräckern.

Dann kehrte er ins Wohnzimmer zurück und schaltete den Fernseher ein. Seine Augen wollten sich einfach nicht richtig auf den kleinen Bildschirm einstellen, aber der alte Spielfilm war sowieso langweilig. Er war zu müde, um auf einen anderen Kanal umzuschalten, und schon bald schlief er wieder ein.

Um Viertel vor zwölf wurde er wach.

Er ging zu dem Fernseher und schaltete ihn aus. Dabei fiel sein Blick auf sein nacktes Handgelenk. Er starrte es an und rieb dann die Stelle, an der sich die goldene Uhr hätte befinden sollen. Dann erinnerte er sich wieder an die Bar, den Barkeeper und den jungen Burschen.

Er ging zum Fenster und schaute hinunter auf die Straße. Mit bemerkenswerter Klarheit dachte er sehr lange nach.

»Soll ich die Polizei verständigen?« fragte er das Zimmer. Das Zimmer wußte es nicht. »Vielleicht ist der Junge verletzt. Vielleicht ist er sogar...«

Er schloß die Augen.

»Ich sollte wirklich besser die Polizei anrufen«, sagte er ins Zimmer.

Er saß noch immer unschlüssig vor dem Fenster, als die Uhr in der Küche eins schlug. Er ging hinüber und fluchte, dachte daran, am kommenden Morgen wieder um sieben Uhr raus zu müssen. Dann erinnerte er sich, daß keinerlei Notwendigkeit mehr bestand, so früh aufzustehen, und wieder fluchte er.

Um Viertel nach eins klingelte es an seiner Tür.

Er zog sich einen abgetragenen Bademantel über und ging zur Tür. Er war nicht weiter überrascht, die beiden Männer vor seiner Tür zu sehen, war lediglich ein wenig erstaunt darüber, daß sie keine Uniformen trugen.

»Mr. Bundridge?«

»Ja. Ich weiß, was Sie wollen. Ich hatte sowieso schon daran gedacht, Sie anzurufen. Aber wir ... ich konnte mich einfach nicht entschließen.«

Sie traten ein und legten auf seine Aufforderung hin ihre Hüte und Mäntel ab. Kaffee, Milch und Kräcker lehnten sie dankend ab, und einer der Männer, der wie ein Boxer aussah, griff in seine Jacke und nahm eine goldene Uhr heraus.

»›Für Louis Bundridge für einundfünfzig goldene Jahre‹«, sagte er, die Widmung auf der Rückseite vorlesend. »Sie sind doch Louis Bundridge, oder?«

»Ja«, sagte Lou. »Und das ist auch meine Uhr. Deswegen wollte ich Sie ja auch anrufen. Wissen Sie, dieser Junge ...«

»Welcher Junge, Mr. Bundridge?« Der andere Mann sah wie ein völlig durchschnittlicher Bursche aus. Nein, er war mehr; er sah irgendwie studiert aus.

»Dieser Junge, der mir aus der Bar gefolgt ist. Wissen Sie, er wollte die Uhr ...«

»Hat er sie überfallen, Mr. Bundridge?«

Lou starrte sie an und ihm wurde klar, in diesem Augenblick vielleicht zum ersten Mal richtig klar, daß sie echte Kriminalbeamte waren. Er hatte noch nie echte Kriminalbeamte gesehen, und er war enttäuscht. Er ließ sich mit seiner Anwort viel Zeit, denn er dachte darüber nach.

Er räusperte sich: »Geht es dem Jungen gut?«

»Er ist tot.«

Was Lou aufrichtig leid tat. »Mein Gott«, sagte er traurig. »Der arme Junge. Er wollte Drucker werden...«

»Haben Sie ihn getötet, Mr. Bundridge?«

»Ja. Ja, ich vermute, das habe ich wohl.«

»Warum haben Sie ihn getötet?«

»Nun, es kam zu einem Kampf, wissen Sie. Ich habe seinen Kopf gegen die Wand des Hauses geschlagen. Natürlich wollte ich ihm nicht weh tun.«

Der gelehrt wirkende der beiden sagte: »War es Notwehr, Mr. Bundridge? Hat er versucht, Ihnen Ihre Uhr zu stehlen?«

Lou dachte darüber nach. »Tja. Ich weiß nicht, ob man es direkt einen Raubüberfall nennen könnte. Ich meine, der Junge wollte mir die Uhr abkaufen. Ich hatte angeboten, sie zu verkaufen, aber wir... wir haben uns dann über den Preis gestritten.«

»Gestritten?«

»Ja. Und dann ist er gewalttätig geworden ... und wir haben gekämpft.«

»So war es?«

»Ja«, sagte Lou und nickte. »Genau so war es.«

Der Boxer-Typ erhob sich. »Ich fürchte, Sie werden uns begleiten müssen, Mr. Bundridge.«

»Ja, ich denke, das sollte ich wohl.«

»Es tut uns wirklich sehr leid, daß wir das tun müssen. Aber der Junge ist tot, wissen Sie. Das ist eine ernste Angelegenheit.«

»Und Sie sind sich auch wirklich ganz sicher?« fragte der andere Kripobeamte. »Ganz sicher, daß er nicht versucht hat, Sie zu bestehlen?«

»Ich bin sicher«, sagte Lou stolz. »Genau so war es.«

An der Tür fragte einer der Männer: »Wie alt sind Sie, Mr. Bundridge?«

»Achtundsechzig.«

Der gelehrte der beiden pfiff leise.

»Machen Sie sich keine allzu großen Sorgen«, sagte der andere. »Wahrscheinlich wird es wohl auf Totschlag hinauslaufen...«

»Sagen Sie«, sagte Lou. »Wenn man wegen so etwas ins Gefängnis geschickt wird ... wohin kommt man dann normalerweise?«

»Kommt ganz drauf an. In diesem Fall, denke ich, höchstwahrscheinlich nach Ossining.«

»Ossining«, wiederholte der alte Mann und nickte. »Und bin ich da richtig informiert, daß Gefängnisse – also die meisten wenigstens – eine Druckerei haben?«

»Sicher haben sie die.«

»Dachte ich's mir doch«, sagte Lou Bundridge. »Wollen wir?«

Unwiderstehlich

Gary Claypool sah wie der ernste junge Mann aus, der er auch war, ein Mann, für den die Tugenden Ausdauer und Fleiß mehr waren als bloße Objekte für Zynismus am Trinkwasserbehälter des Büros. Er stieg die Karriereleiter in dem Chemie-Konzern schnell hinauf, der ihm ein Büro mit zwei Fenstern zur Verfügung stellte, und es bestand keinerlei Zweifel daran, daß er seinen Weg zur Spitze auch während der kommenden paar Jahre fortsetzen würde.

Trotz seiner hingebungsvollen Ambitionen besaß er auch einen ausgeprägten Sinn für Humor. Seine Augen konnten vor Vergnügen funkeln, und seine Lippen konnten sich verschmitzt kräuseln. Aber bei seiner dritten Verabredung mit der hübschen, grünäugigen, schwarzhaarigen Lisa Monahon waren seine Augen verschleiert und distanziert, und seine Mundwinkel hingen nach unten. Sie gingen zusammen essen und ins Theater und landeten schließlich auf einen Schlummertrunk in Garys gemütlicher Wohnung in Manhattan. Leute, die sich im Verlauf des Abends nach ihnen umgedreht hatten, fragten sich, wieso dieser gutaussehende junge Mann mit einem solch phantastischen Mädchen am Arm aussah wie die sprichwörtliche russische Melancholie in Person.

Schließlich stellte Lisa ihm direkt die Frage: »Gary, hast du irgendetwas? Du kommst mir schon den ganzen Abend über irgendwie *unglücklich* vor.«

Sie saß auf der Kante eines Schaumgummi-Sofas, nippte zaghaft an einer dünnen Mischung aus Brandy und Soda.

Ihr Pelzcape lag immer noch über ihren perfekt geformten weißen Schultern, wie um unmißverständlich klarzustellen, daß ihr Besuch nur ein kurzer war.

»Ach ja, ist das so?« sagte Gary. »Tut mir wirklich schrecklich leid, Lisa. Ich wollte es dich nicht spüren lassen.«

»Dann stimmt also *wirklich* etwas nicht. Kannst du es mir sagen, oder ist es etwas, über das du lieber nicht sprechen möchtest?«

»Nein, das ist es nicht.« Er umklammerte das Glas in seiner Hand und blickte verdrossen in die bernsteinfarbenen Tiefen der Flüssigkeit. »Man könnte es ein berufliches Problem nennen. Hat keinen Sinn, dich damit zu belasten.«

»Ich nehme nicht an, daß ich dir eine große Hilfe wäre«, sagte sie geknickt. »Aber es ist immer gut, mit jemandem darüber zu reden, oder nicht?«

»Ja, vielleicht. Vielleicht«, seufzte er und knallte das Glas auf die Marmorplatte des Couchtisches. »Ich weiß nur, daß mich diese Sache hartnäckig beschäftigt, daß ich weder essen noch schlafen, noch . . .«

Sie bekam große Augen. »Also, sei doch bitte nicht so geheimnisvoll! Was *ist* denn das große Problem?«

Er starrte sie an.

»In Ordnung. Ich werde es dir zeigen.«

Gary erhob sich von dem Sofa und verschwand kurze Zeit in seinem Schlafzimmer. Als er zurückkehrte, hatte er eine unscheinbare durchsichtige Glasflasche in seiner Hand, die mit einem Korken verschlossen war. In der Flasche befand sich eine kalte blaue Flüssigkeit.

»Das hier ist das Problem«, sagte er grimmig. »Dieses kleine Baby hier.«

»Was ist das? Irgend so eine Art Chemikalie?«

»Was in der Art, stimmt genau.« Er drehte die Flasche in seiner Hand. »Das Zeug hier wird *Formel X-14* genannt. Der Name hat nichts Geheimnisvolles, er bedeutet lediglich, daß es das Ergebnis des vierzehnten, in unserem Labor durchgeführten Experiments ist. Es ist ein Nebenprodukt einer Testreihe, die wir für die Leute von Ardstein durchgeführt haben. Du weißt schon, die Parfümfabrikanten.«

»Oh, ja, sicher«, sagte Lisa. »Aber ist es das, was deine Firma macht? Parfüms herstellen?«

»Nicht ganz. Wir befassen uns mit allen möglichen chemischen Problemstellungen, und das hier ist das, was Ardstein uns vor ein paar Monaten gebracht hat. Ich bin persönlich mit diesem Projekt betraut worden, und sämtliche wichtige Entscheidungen werden von mir getroffen. Und genau das ist es, was mich so fertigmacht. Ich weiß nicht, ob ich Ardstein dieses Zeug hier übergeben und unser Honorar kassieren soll – oder ob ich in einer dunklen Nacht zur George Washington Bridge rüberfahren und es in den Hudson werfen sollte.«

»Ich verstehe nicht ganz.« Lisa blinzelte. »Was *ist* dieses Zeug denn?«

»Es ist ein Parfüm. Mehr ist es nicht, nur ein Parfüm.«

»Und was stimmt damit nicht? Kann ich mal riechen?« Ihre Nasenflügel bebten neugierig.

»Sicher, nur zu. Es riecht schon ganz okay, eben wie ein absolut normales Parfüm. Und solange es in der Flasche ist, richtet es auch keinen Schaden an.«

Lisa entfernte den Korken und schnupperte. »Riecht ziemlich gut. Aber was meinst du mit Schaden?«

»Ich meine *Schaden*«, sagte Gary und nahm ihr *Formel X-14* wieder ab. »Es ist die gottverdammteste Sache, die mir jemals über den Weg gelaufen ist, und das Zeug hat die Firma vor ein verflucht großes Problem gestellt. Weißt du...« Er rieb sich über die Stirn. »Ich weiß nicht, wie ich dir das jetzt sagen soll. Aber du liest doch die Werbungen für Parfüms, oder?«

»Manchmal.«

»Tja, du weißt ja, was sie alle versprechen. Ein paar Tropfen von unserem Zeug auf Ihre Ohrläppchen, und die Männer laufen Ihnen nur so nach.«

»Und?«

»Und genau das ist unser Problem. Glaube mir, ein wirklich großes Problem. Weil nämlich *dieses* Zeug hier tatsächlich genau so wirkt.«

Ihre wunderschönen grünen Augen wurden noch größer. »Was meinst du damit?«

»Ich meine genau, was ich gesagt habe! Wenn dieses Parfüm mit der Haut einer Frau in Berührung kommt, wird sie für jeden Mann absolut unwiderstehlich. Bei Gott! Nimm irgendeine x-beliebige Frau, dann ein paar Tropfen *Formel X-14*, und schon hast du einen Fall von potentieller Vergewaltigung. Es ist furchterregend!«

»Du machst Witze!«

»Es ist mir todernst. Wir haben die Reaktion bei unseren Versuchstieren beobachtet. Dann haben wir den Fehler begangen, das Zeug an Miss Gower auszuprobieren, einer unserer Laborantinnen. So, und Miss Gower ist ... nun, ganz offen gesagt, sie ist eher eine unscheinbare und hausbackene Frau. Aber zwei Minuten nachdem sie dieses Zeug hier benutzt hatte, stieß der alte Funston einen Schrei wie ein Elefantenbulle aus und ging auf sie los. Der alte Funston! Er ist vierundsiebzig. Er ist so alt, daß er schon zusammenbricht. Und trotzdem ist er wie ein Matrose auf

Landurlaub auf Miss Gower losgegangen. Mitten im Labor hat er ihr die Bluse runtergerissen. Er zerrte gerade an ihrem Rock, als sie ihn endlich von ihr weggezogen haben.«

»Wie schrecklich!« sagte Lisa.

»Und ob das schrecklich ist! Wir hatten verdammt alle Hände voll zu tun, die Sache geheimzuhalten. Wir wissen genau, was Ardstein tun würde, wenn die davon erfahren würden. Sie würden *Formel X-14* um jeden Preis haben wollen. Sie würden damit das größte Parfüm Amerikas besitzen!«

»Und wirst du es ihnen geben?«

»Genau das ist mein Problem. Wenn wir das Zeug freigeben, stell dir nur vor, was dann passiert. Wo auch immer dieses Zeug auftaucht, wird es verheerende Folgen hinterlassen. Frauen werden auf offener Straße angefallen werden. Männer werden ins Gefängnis wandern. Ehemänner werden sich von ihren Frauen scheiden lassen. So verrückt es klingt, Lisa, diese kleine Flasche hier könnte eine landesweite Panik auslösen!«

Sie starrte in die blaue Flüssigkeit und atmete schwer.

»Es ist wirklich erstaunlich«, flüsterte sie. »Es ist einfach nur erstaunlich, Gary. Ich hätte mir niemals träumen lassen, daß so etwas möglich wäre...«

»Ja, die Wissenschaft ist schon wunderbar, in der Tat. Das einzige Problem ist nur: Wie kontrollieren wir sie?«

Sie nahm die Flasche in die Hand.

»Gary... ich würde es gern mal ausprobieren.«

»*Was*?! Du bist nicht bei Verstand!«

»Bitte! Ich *muß* einfach wissen, ob es stimmt.«

»Gib mir sofort diese Flasche zurück, Lisa.« Er sagte es ganz ruhig.

»Ich muß«, sagte sie, preßte die Flasche an ihre Brust. »Ich *muß* das Zeug einfach ausprobieren.« Sie fummelte an dem Korken. Gary streckte verzweifelt seine Hand über den Marmortisch aus und erwischte ihr Handgelenk. Sie kämpften um die Flasche, bis Lisa sich schließlich triumphierend losriß und auf die andere Seite des Raumes lief. Sie schüttete ein paar Tropfen in ihre Hand und verteilte sie auf den Läppchen ihrer geröteten Ohren.

»Lisa, nicht!« brüllte Gary. »Du weißt nicht, was du tust!«

Er sprang vom Sofa und stürmte zu ihr hinüber. Als sein Arm vorschnellte, um wieder in den Besitz der Flasche zu gelangen, entglitt sie ihrer Hand und fiel auf den Boden. Der Inhalt von *Formel X-14* schwappte heraus, und der Teppich saugte alles gierig auf.

»Das hättest du nicht tun sollen!« sagte er außer Atem. »Du hättest es nicht tun sollen, Lisa!«

»Tut mir leid, Gary...«

»Die Formel ist mir gleichgültig!« sagte er mit belegter Stimme. »Aber du nicht. *Du* bist mir nicht gleichgültig!« Er sah sie mit glänzenden, hungrigen Augen an.

»Gary, nein! So ein Mädchen bin ich nicht!«

»Ich kann nichts dafür!« sagte er mit erstickter Stimme, kam weiter drohend auf sie zu. »Ich kann nichts dagegen tun, Lisa!« Seine Finger zerrten an ihrem Pelzcape, zogen es von ihren cremefarbenen Schultern.

»Nein, Gary! Hör auf!«

Er umarmte sie, seine Hände glitten wie wild über sie.

»Du hättest es nicht tun sollen!« krächzte er. »Ich kann nicht aufhören, Lisa! Ich kann nicht mehr aufhören...«

»Du armer Schatz«, stöhnte sie. »Du armer, armer Schatz...«

Am folgenden Morgen wurde Gary Claypool erst spät wach. Als er sah, wieviel Uhr es war, duschte er kurz, zog sich schnell an und brach dann ins Büro auf. Doch bevor er den Fahrstuhl betrat, ging er in den Drugstore des Gebäudes.

An der Theke sagte er: »Geben Sie mir eine Flasche Parfüm. Nichts zu teures.«

Im Labor füllte er eine leere durchsichtige Glasflasche mit seiner Neuerwerbung und stellte sie in seinen Spind. Dann zog er vergnügt pfeifend einen Kugelschreiber und ein in florentinisches Leder gebundenes Adreßbuch aus seiner Tasche. Sorgfältig, ordentlich, beinahe pingelig, zog er einen Strich durch den Namen ›Lisa Monahon‹. In seinem Büro nahm er den Hörer seines Telefons ab und machte eine Verabredung für den Abend aus.

Sams Herz

Er machte sich jetzt keine Sorgen mehr. Crowley und die anderen konnten sich für den Rest der Woche die Kopfschmerzen der Firma teilen; er würde in ein Sportgeschäft gehen und sich die schwerste Winchester aussuchen, die sie auf Lager hatten, anschließend die Eastern Airlines anrufen und mit ihrer Neun-Uhr-Maschine in die Berge fliegen. Dann würde er den größten, kapitalsten Bock schießen, den er aufspüren konnte, und die ganze Zeit an Iversons häßliches Gesicht denken, wenn er über dem Lauf sein Ziel ins Visier nahm und den Abzug drückte. Absolut kein Geschäft auf der Welt war den Ärger wert, den man sich von Joe Iverson bieten lassen mußte, von diesem Stinktier, diesem Sadisten, diesem Haufen stinkendem Käse.

Er regte sich schon wieder auf, und Sam Victor legte eine Hand über die Stelle, von der er glaubte, daß sich dort sein Herz befand, und tätschelte diesen Punkt leicht. Es war, als würde er sagen: Immer mit der Ruhe, altes Herz; laß das nicht noch mal passieren. Eine Million Joe Iversons sind es nicht wert, eine Million guter Kunden sind im Grunde nicht den winzigsten Herzschlag wert.

Es war, was der Arzt gesagt hatte. Arzt mit einem ganz großen A. Sam Victor hatte noch nie besonders viel von Ärzten gehalten, bevor es passiert war. Jetzt war alles in Ordnung, was der Arzt zu Sam Victor sagte. Und was hatte er gesagt? Genau das, was Sam jetzt auch sagte. Immer mit der Ruhe, altes Herz, sagte er. Beruhig dich. Tu mir das nicht wieder an, was du mir schon mal angetan hast.

Mit leerem Aktenkoffer verließ er um fünf das Büro und ging den Flur zum Fahrstuhl hinunter. Seine Absätze explodierten wie kleine Knallkörper auf den steinernen Bodenfliesen. Wie gewöhnlich war er der kleinste Mann im Fahrstuhl, doch das machte ihm nichts aus. Er starrte auf die zweiten Knöpfe der Mäntel, und es war ihm egal. Das Leben war das einzig Wichtige, das Leben, das unter seinem eigenen teuren Mantel schlug, in seinen rundlichen Handgelenken, an den Seiten seines massigen Halses, an den Schläfen seines kahlen Kopfes. Das Leben war es, das zählte, weder Größe noch Jugend, einzig und allein das Leben.

Sam fühlte sich so ausgesprochen gut, als er schließlich auf die Straße hinaustrat, daß er beinahe sogar Iverson die Hand geschüttelt haben könnte. Denn immerhin, er war mehr als nur ein guter Kunde; die Existenz von Sams Firma hing von diesem Mann ab. Und daher hatte er allen Grund, dankbar dafür zu sein, daß er immer noch ihr Kunde war. Wenn Iverson nur sein übles Maul zunähen lassen würde und seine schmutzigen Worte und unfairen Wünsche für sich behielte, wenn er sich wie ein anständiges menschliches Wesen benehmen könnte. – ›Aaach!‹ dachte Sam angewidert. Zum Teufel mit Joe Iverson. Der Tag ist viel zu schön, viel zu schade, um auch nur einen einzigen Gedanken an diesen Mann zu verschwenden.

Er nahm ein Taxi zu dem Sportgeschäft und genoß zunächst die Schaufensterauslage, bevor er eintrat. Die Waffenabteilung befand sich im ersten Stock, und angesichts der Regale und Ständer voller Gewehre begann er sich unbehaglich zu fühlen. Seit seiner Kindheit war er nicht mehr auf der Jagd gewesen. Würde er sich vor dem

Verkäufer lächerlich machen? Sam haßte es, dumm dazustehen.

Der Verkäufer schenkte ihm ein freundliches Lächeln, als hätte er, schlau wie er war, den hohen Preis von Sams Mantel und Filzhut und seinen sauber gearbeiteten britischen Schuhen sofort richtig eingeschätzt. Er schien einen guten Kunden sofort zu erkennen, wenn er einen sah, und Sam fühlte sich prompt wieder wohler.

»Ich hätte gern ein gutes, schweres Gewehr«, sagte Sam. »Vielleicht eine 70er Winchester. Ich hatte früher schon mal eine, aber ich habe sie verschenkt. Meinem Neffen.« Er errötete, als er bemerkte, daß er zuviel redete.

»Lassen Sie uns ganz von vorn anfangen«, sagte der Verkäufer liebenswürdig. »Möchten Sie dieses Gewehr für die Jagd auf Großwild?«

»Ja, genau.« Sam befingerte die Tasche, in der er früher seine Zigarren deponiert hatte. »Ich hatte mir überlegt, heute abend rauf in den Norden zu fliegen, ein bißchen jagen zu gehen.«

»Auf Damwild?«

»Ja. Früher war ich ziemlich gut. Hab schon mit vierzehn einen kapitalen Bock geschossen. Oben in Maine.«

»Ich fürchte, im Moment werden Sie wohl kaum viel schießen können, Sir. Es ist wirklich nicht so, daß ich Ihnen nichts verkaufen möchte.« Er lächelte, versuchte sympathisch zu wirken. »Ich glaube, daß Schonzeit für Damwild ist, wenigstens im Augenblick. Aber es gibt verschiedenes Niederwild, das Sie jagen könnten.«

»Schonzeit.« Sams Hand fuhr nervös an sein Kinn. »Ach, ja, die Schonzeit.« Es war ihm peinlich. »Also, sicher, Niederwild wäre auch in Ordnung. Mir kommt es nur auf den Spaß an, Sie verstehen schon, was ich meine, auf die Entspannung.«

»Wie wäre es denn mit einem kleinkalibrigen Gewehr? Oder vielleicht denken Sie auch an eine Handfeuerwaffe...«

»Sicher, das wäre mir egal«, sagte Sam. »Hatte noch nie eine Handfeuerwaffe. Gar keine so schlechte Idee.«

Der Verkäufer führte ihn zu einer Glasvitrine. »Wir haben die beste Auswahl der Stadt, denke ich. Natürlich kommt es sehr auf Ihren persönlichen Geschmack an. Ich persönlich habe eine Schwäche für den Colt Commander, eine Fünfundvierziger Halbautomatik. Nehmen Sie das Baby hier doch einfach mal in die Hand...«

Sam nahm die ihm angebotene Waffe. Ihm gefiel, wie sie sich in seine Hand schmiegte, in ihm Kindheitserinnerungen an Räuber-und-Gendarm-Spiele auf der Straße vor den Mietskasernen der West Side weckte.

»Es ist ein sehr robustes Gerät«, sagte der Verkäufer mit leiser, geübter und bezwingender Stimme. »Sehr beliebt. Es ist die leichtere Ausführung des Regierungsmodells. Aber wenn Sie lieber etwas weniger Furchterregendes sehen möchten...«

»Nein, nein«, sagte Sam schnell, fühlte sich gleich in seiner Männlichkeit angegriffen. »Die hier ist wunderbar, ausgezeichnet, genau, was ich gesucht habe. Reicht mein Jagdschein für den Besitz der Waffe?«

»Aber gewiß doch. Und jetzt zum Preis...«

Der Verkäufer rasselte den Betrag herunter, nahm die Waffe aus Sams feuchter Hand und machte das Geschäft perfekt. Die damit zusammenhängenden Verkäufe waren ein Kinderspiel für ihn, das lederne Schulterhalfter mit seinem frischen neuen Geruch, die Munition, sicher verpackt in schweren Holzschachteln, die Pistolenschatulle mit sauber gearbeitetem und glänzendem Verschluß und Scharnieren. Der Verkäufer bot an, ihm seine Einkäufe direkt nach Hause liefern zu lassen, doch Sam lehnte dankend ab, er würde Schatulle und Munition in seinen Aktenkoffer legen; das Schulterhalfter und die Waffe selbst wollte er anlegen, sich an das Gefühl gewöhnen. Der Verkäufer lächelte, warnte ihn davor, sie zu lange zu tragen (es gibt gesetzliche Bestimmungen, wissen Sie, er grinste), und half Sam beim Anlegen des Halfters. Als er die Waffe in ihr Futteral gleiten ließ, war Sam überrascht, wie schwer sie sich anfühlte, doch er beklagte sich nicht.

Als er wieder im Erdgeschoß war, fühlte er sich recht beschwingt, und seine erste Reaktion, als der Geschäftsführer seinen Namen rief, war ein geschmeicheltes Lächeln.

»Mr. Victor? Sind Sie Mr. Victor?«

»Ja, das ist richtig.«

»Ich habe für Sie einen Anruf auf dem Apparat in unserer Sportabteilung. Es ist direkt hier vorn.«

»Einen Anruf?« Sam blinzelte verwirrt.

»Der Mann gab mir eine recht gute Personenbeschreibung von Ihnen.« Der Angestellte lächelte und ging zum Telefon voran, dessen Hörer erwartungsvoll auf einer Glastheke lag. »Ich glaube, es ist Ihr Büro, Mr. Victor.«

Sam nahm den Hörer auf.

»Sam? Dave hier. Hören Sie, Iverson steht am Rande eines hysterischen Anfalls. Jetzt sagen Sie nicht, wann ist er das nicht, denn dieses Mal ist es anders. Er hat mir praktisch den Kopf abgerissen, als er anrief und ich ihm sagte, Sie wären nicht mehr im Hause...«

»Was? Was reden Sie da?«

»Er hat vor vielleicht zehn Minuten angerufen, und ich sagte ihm, was Sie mir aufgetragen haben, daß Sie nicht im Hause wären, die ganze restliche Woche nicht mehr, ich hätte keine Ahnung, wohin Sie gefahren wären. Daraufhin hat er nur noch lauter gebrüllt, Sam. Ich habe ihn ja auch früher schon wirres Zeug reden hören, aber das war mit Abstand das Schlimmste.«

»Und, was will er?« sagte Sam wütend. »Weswegen belästigen Sie mich?«

»Es mußte leider sein, Sam, glauben Sie mir. Falls es ihm wirklich Ernst war. Er hat gesagt, er will, daß Sie ihn sofort anrufen, andernfalls wäre es mit unserer Geschäftsbeziehung aus und vorbei.«

»Es ist fast sechs Uhr! Was in aller Welt will dieser Mann von mir?«

»Keine Ahnung, Sam, aber Sie wissen ja selbst, wie er ist. Rufen Sie ihn um Himmels willen an ... Sofort.«

»In Ordnung«, erwiderte Sam kurz angebunden. »Ich werde ihn anrufen.«

Er legte den Hörer auf, behielt seine Hand jedoch auf dem Telefon. Er schaute auf, um nach dem Geschäftsführer zu sehen, doch der Mann war nirgendwo zu entdecken. Er zuckte mit den Achseln und wählte die Nummer von Joe Iversons Büro.

»Hallo, Joe? Sam Victor hier.«

»Na so was, na so was! Vielen Dank für die Ehre.«

Die verhaßte Stimme, die strenge, nasale, halb knurrende, halb lächelnde Stimme von Joe Iverson verlor auch per Telefon nicht das geringste. Sam schloß die Augen und überließ sich einem verträumten Zustand passiver Abscheu. Dieser Mann raubte ihm Jahre seines Lebens. Wie lange konnte ein Herz so was ertragen ...

»Ich denke, Sie sollten vielleicht mal rüberkommen«, sagte Iverson. »Ich denke, es ist wohl wichtig. Ich werde bis halb sieben hier sein.«

»Aber das geht nicht, Joe. Ich habe etwas zu erledigen.«

»Sie scheinen nicht richtig verstanden zu haben. Ich habe einen Burschen hier, Sam. Er hat mir gerade eben etwas höchst Interessantes gezeigt. Es ist ein Guß wie diejenigen, die Sie für mich herstellen, nur daß er sich vorstellt, sie vielleicht vier Cents das Dutzend günstiger anbieten zu können. Sie hören, was ich sage?«

»Ich höre Sie, ja«, sagte Sam.

»Er hat mir ein kleines Muster gezeigt, vielleicht ist es gut, vielleicht ist es auch nur Schrott. Ich möchte, daß Sie herkommen und es sich mal ansehen. Ich möchte nicht auf Qualität verzichten, Sie verstehen? Daher meine ich, Sie sollten besser herkommen. Vielleicht könnten Sie mich davon überzeugen, daß es nur ein Stück Schrott ist.«

»Joe, wir machen nun schon seit sieben Jahren Geschäfte miteinander...«

»Ja, ja, sicher, und jedes Jahr gehen Ihre Preise weiter hoch. Dieser Bursche hier meint, vielleicht bezahle ich einfach zuviel, Sam. Daher denke ich wirklich, Sie sollten besser herkommen.«

Der Kampf in Sam Victors schmaler Brust tobte nur kurze Zeit.

»In Ordnung, Joe«, sagte er. »Ich bin in zwanzig Minuten bei Ihnen.«

Er nahm ein Taxi, das vor dem Laden parkte, und hätte vor lauter Wut und Hilflosigkeit den ganzen Weg bis zu Iversons Hochhaus an der *Twenty-third Street* heulen können. Er war weniger wegen der Drohung an sich aufgebracht, nicht wegen der realen, greifbaren Drohung, von einem Konkurrenten im Preis unterboten zu werden. Sam kannte sein Geschäft, und Sam wußte, daß Joe Iverson sich sehr wohl des günstigen Angebots bewußt war, das er hatte. Ein paar Pennies Differenz würden nichts an Iversons Meinung ändern; es gab noch andere Faktoren wie die Promptheit und Zuverlässigkeit von Sams Firma und deren Bereitschaft, sich um des damit verbundenen Profits willen Beleidigungen und Beschimpfungen gefallen zu lassen. Die Straßen der Innenstadt leerten sich zusehends, und das Taxi benötigte für die Fahrt nur die Hälfte der sonst üblichen Zeit. Das Gebäude war geschlossen, und Sam mußte gegen die Glasscheiben der Eingangstür klopfen, um den Angestellten des Gebäudes auf sich aufmerksam zu machen, der gerade begonnen hatte, den schmutzigen Marmorboden aufzuwischen. Der Mann schimpfte leise vor sich hin, als er öffnete, und er schimpfte immer noch, als er den Fahrstuhl in Betrieb setzte.

Die Tür glitt auf der dritten Etage auf, und Sam trat aus der Kabine hinaus. Der Mann, der den Flur hinunter auf den Fahrstuhl zukam, blieb einen Moment stehen, als er Sam bemerkte. Er trug einen unförmigen, schäbigen Mantel und hatte die Hände tief in seinen Taschen vergraben.

»Runter?« fragte der Fahrstuhlführer.

Die Muskeln an den Mundwinkeln des Mannes zuckten; dann stürmte er an dem Fahrstuhl vorbei zu der Tür mit der Aufschrift AUSGANG.

»Was hat er denn?«

»Benimmt sich ziemlich komisch«, sagte Sam. »Kennen Sie ihn?«

»Arbeitet nicht hier im Haus, das ist mal sicher. Vielleicht fahr ich besser wieder runter und seh mal nach.«

Sam nickte und ging den Korridor hinunter, während

der Fahrstuhl wieder nach unten fuhr, erwartete, Stimmen aus Iversons Büro dringen zu hören. Aber da war nur Schweigen. Die Tür mit der Aufschrift IVERSON PLASTICS stand halb offen, und ohne anzuklopfen trat er ein. Hier und da brannte in einigen Büros immer noch Licht, und die mit Papieren übersäten Schreibtische waren stummer Beweis für den hastigen Aufbruch der Angestellten. Aber die Stille war schon sonderbar, und das gefiel Sam ganz und gar nicht. Normalerweise herrschte nie besonders viel Stille, wenn Joe Iverson in der Nähe war.

Er drückte die Pendeltür auf, die hineinführte, und ging den Flur hinunter, der zu dem Eckbüro des Chefs führte.

»Joe? Sind Sie hier, Joe?«

Er trat in die Tür, und das erste, was er sah, war die Jalousie, die in einem merkwürdigen Winkel vor dem Fenster hing. Dann fiel sein Blick auf Iversons Schreibtisch, auf dessen Drehstuhl niemand saß. Sein Blick wanderte vom Schreibtisch zum Boden, und dann sah er die Füße. Die Schuhe mußten dringend mal wieder geputzt werden.

Für einen einzigen Augenblick theoretisierte er, projizierte er, erinnerte er sich an seine eigenen Ängste, seine eigenen Zweifel bezüglich der Leistungsfähigkeit seiner Ventrikel, und er dachte, mit ausgesprochenem Vergnügen, daß Iverson tot war. Doch als er sich bückte und den bewußtlosen Mann untersuchte, hörte er das Rauschen der Luft auf ihrem Weg von den Lungen zum Mund, und er wußte, daß Joe Iverson überleben würde, um seine Wut über diesen Überfall an ihm abzulassen.

Sam schaute sich um. In der Ecke von Iversons Büro stand ein gedrungener schwarzer Safe, dessen Tür weit offen stand. Iverson bewahrte immer zuviel Kleingeld im

Büro auf, und jetzt zahlte er die Strafe dafür. Der Mann, der vorgegeben hatte, ein Konkurrent von Sam Victors Firma zu sein, der Mann, der draußen auf dem Flur an ihm vorbeigestürmt war, hatte die Ernte eingefahren.

Sam verließ das Büro, dachte daran, Hilfe zu holen, machte sich nicht die geringsten Sorgen um Iversons Dilemma. Er hatte es verdient, dieses Ekel, und er verdiente noch erheblich Schlimmeres.

Hinter der Pendeltür tauchte der Fahrstuhlführer auf, schien verwirrt zu sein.

»Konnte den Kerl nirgends finden. Muß das Gebäude schon verlassen haben. Mit Mr. Iverson alles in Ordnung?«

»Nein«, sagte Sam schroff. »Es hat wohl einen Überfall gegeben. Besser, Sie verständigen die Polizei.«

Der Fahrstuhlführer blinzelte und schluckte.

»Na los, machen Sie schon!« sagte Sam. »Rufen Sie die Polizei!«

»Jawohl, Sir.«

Der Mann drehte sich um und ging.

Sam kehrte langsam in Iversons Büro zurück. Er hatte rasende Kopfschmerzen. In seinem Gehirn wurde ein Gedanke geboren, ein so schrecklicher und beunruhigender Gedanke (und gleichzeitig so herrlich, so verlockend!), daß die Schmerzen der Wehen beinahe unerträglich waren. Er war in dem Augenblick entstanden, als er Iversons reglose Gestalt sah, als Zweifel und Hoffnung untrennbar ineinander verwoben gewesen waren, als ihn bei der Vorstellung von Iversons Tod eine Woge der schieren Freude durchspült hatte. Der Verlust würde nur ein kleiner sein. Die Welt würde sich wunderbar auch ohne Joe Iverson weiter drehen. Den Kunden würde Sam Victors Firma behalten, dank Joe Iversons besser erzogenen Erben. Und kein Ärger würde mehr Sams Leben gefährden. Ganz sicher wäre viel zu gewinnen gewesen, wenn der Dieb ein wenig gründlicher gewesen wäre.

Aber war es schon zu spät? Blieb immer noch Zeit für – Gründlichkeit? Und ohne jedes Risiko?

Er trat in das Büro.

»Weißt du, was ich von dir halte, du Mistkerl?« flüsterte er der reglosen Gestalt zu. »Ich werde dir zeigen, was ich von dir halte.«

Er wuchtete den schweren Aktenkoffer auf den Schreibtisch. Er ließ die Verschlüsse aufschnappen und nahm die Schachtel Munition heraus. Er schob den Deckel zurück und nahm eine glänzende Kugel heraus. Dann riß er die Kanone aus seinem Schulterhalfter und lud sie.

Seine Hand zitterte, als sie sich um den Knauf der Waffe legte, und der Finger auf dem Abzug schien zur Untätigkeit erstarrt. Einen Augenblick lang dachte er, er würde niemals zu dieser kaltblütigen Tat fähig sein. Dann dachte er an den Bock, den er vor so vielen Jahren in Maine getötet hatte, an dieses wunderschöne, langschenklige, stolze Tier, das sein Schicksal viel weniger verdient hatte als Joe Iverson, und der Gedanke verlieh ihm gerade genug Ansporn, seinen Finger nur den Bruchteil eines Zentimeters zu bewegen.

Die Waffe krachte los, und der Mann am Boden zuckte krampfartig zusammen. Dann lag er wieder völlig still.

Sam war erheblich ruhiger, als die Sache erledigt war. Er steckte die Waffe in das Halfter zurück, schloß seinen Aktenkoffer und knöpfte sorgfältig seinen Mantel zu. Dann ging er hinaus zu dem Fahrstuhl.

Er wollte gerade auf den Rufknopf drücken, als ein

leiser Gong ertönte und die Tür aufglitt. Der Fahrstuhlführer trat heraus, und zwei Männer folgten ihm. Der eine trug die Uniform eines Wachmanns, der andere war in Zivil.

»Hier drüben«, sagte Sam Victor, schluckte schwer. »Der arme Joe.«

Von da an war alles ganz einfach. Es war sogar verblüffend einfach. Sie stellten eine Menge Fragen, aber die Anworten kamen mechanisch, klangen überzeugend. Wer war er? Er war Sam Victor, Präsident von *Victor Manufacturing*, und Joe war sein Kunde. Wann war er hier eingetroffen? Vor etwa zehn Minuten, nachdem die Tat bereits geschehen war. Der Fahrstuhlführer nickte bestätigend. Konnte er den Mann beschreiben, der an ihnen vorbeigestürmt und gelaufen war? Nein, das Licht auf dem Korridor war zu schwach gewesen. Warum war er hier? Sam erzählte seine Geschichte und schlug vor, daß sie dies ruhig bei seinem Büro nachprüfen sollten. Bewahrte Iverson immer Geld in seinem Safe auf? Soweit er wußte, ja, und viel zuviel noch dazu. War er bereits tot, als Sam Victor eintraf? Ja, er war tot, der arme Joe, er war sehr tot.

»In Ordnung«, sagte der Kripobeamte stirnrunzelnd. »In Ordnung, Mr. Victor. Vielen Dank. Wenn ich Sie wäre, würde ich mich während der nächsten paar Tage zur Verfügung halten.«

»Sicher«, sagte Sam Victor. »Alles, was ich tun kann. Alles.«

Er seufzte, schüttelte traurig den Kopf und drehte sich zur Tür um. Er spürte den Blick des Kripobeamten auf seinem Rücken, während er hinausging, aber er wußte, daß alles in Ordnung war. Er brauchte nichts weiter zu tun, als durch die Pendeltür zu gehen, dann weiter den

Korridor zum Fahrstuhl hinunter, die Marmorfliesen zu überqueren und hinaus auf die Straße. Dann würde er sich ein Taxi nehmen, und er würde nach Hause zu seiner Frau und Familie fahren. Vielleicht könnte er sich heute abend sogar einen Drink gönnen, auch wenn der Arzt ihm eindringlich davon abgeraten hatte.

Der Weg zur Tür kam ihm sehr lang vor. Seine Beine fühlten sich bleiern an, und er geriet ein wenig außer Atem. Er blieb stehen, um für einen Augenblick seine Hand auf das Holzgeländer zu legen, bevor er weiterging.

»Mr. Victor?« sagte der Kripobeamte. »Ist mit Ihnen alles in Ordnung?«

»Ja«, antwortete Sam unhörbar.

Er schloß seine Augen und schluckte gierig soviel Luft wie nur möglich. Sie rauschte durch seine Luftröhre und schien in seiner Brust steckenzubleiben. Sein linker Arm zuckte unter einem plötzlich stechenden Schmerz hoch.

Er hörte auf, dagegen anzukämpfen, und ließ sich auf den Boden hinunterrutschen. Mit ihm war alles in Ordnung. Er wußte, daß mit ihm alles in bester Ordnung war. Es war nichts im Vergleich zum letzten Mal; nur ein leichter Anfall, eine weitere kleine Warnung, nur ein leichter...

»Mr. Victor!« Das Gesicht des Kripobeamten war unmittelbar über ihm.

»Alles in Ordnung«, sagte Sam matt. »Mein Herz...«

Der Kripobeamte ließ eine Hand unter den Mantel gleiten, um nach Sams Herzschlag zu fühlen, und zu spät erinnerte sich Sam, daß sein Herz unzugänglich war, versteckt unter neuem Leder und glänzendem Stahl, und der Lauf der Waffe war immer noch warm und schonungslos anklagend.

Monolog

Hallo, Phyllis? Manny hier. Ich rufe aus dem Büro an.«
»Warte mal einen Moment...«

»Nein, bitte, unterbrich mich nicht. Wir müssen das jetzt auf meine Art machen, Phyllis. Nur dieses eine Mal solltest du mir das letzte Wort lassen. Ha, das klingt wie ein Witz, ›das letzte Wort‹. Weißt du, womit ich hier sitze? Mit Dr. Pfeiffers *Good-night Express* mit diesen Pillen, die er mir letzten Monat verschrieben hat, damit ich besser einschlafe. Ich hab hier die ganze Flasche vor mir stehen. Sie ist jetzt leer.«

»Manny...«

»Und weißt du auch, wieso sie leer ist? Weil sie nämlich alle in meinem Bauch sind, all diese netten, kleinen weißen Pillen drängeln sich jetzt in meinem Bauch, genau wie in dem Werbespot. Ich frage mich, ob sie wohl schnell, schnell, schnell wirken? Ich will's jedenfalls ganz bestimmt hoffen – du kennst mich ja, wenn ich mich mal zu irgendwas entschlossen habe. Heute morgen, als ich im *Garden* Rodolfos Anruf gekriegt habe, da habe ich mir gesagt, Manny, habe ich gesagt, jeder andere an deiner Stelle würde sich jetzt umbringen. Also, wieso eigentlich nicht, habe ich gesagt. Wieso bin ich was anderes als alle anderen? Ich wollte es ja zu Hause machen, aber dann habe ich mir gedacht, wozu? Wieso sollte ich dir alles versauen? Besser, wenn ich Pfeiffers Rezept zum Mittagessen einnehme und es im Büro mache. Welcher Ort könnte passender sein als dieses lausige, miese kleine Büro?«

»Manny, bitte, hör mir jetzt zu...«

»Vielleicht hattest du ja wirklich keine Ahnung, wie übel es um mich stand, vielleicht habe ich nicht genug rumgeschrien. Du weißt ja, was ich dir immer wieder gesagt habe, Phyllis – das Showbusiness ist kein Business. Ich wäre besser gefahren, wenn ich mit deinem Bruder in die Floristen-Branche eingestiegen wäre, so wie deine Familie es immer gewollt hat. Aber erschlag mich, ich mußte ja unbedingt zum Zirkus. Ich bin nun mal keiner von diesen Allerweltstypen, die Geschenkkartons fertigmachen oder Sträußchen in Cellophan einwickeln, nicht ich. Ich hatte Sägemehl in den Adern. Und so was in unserer Zeit, stimmt's? Es gibt Cinerama, es gibt Farbfernsehen, es gibt Weltausstellungen, und was hat Manny den Leuten zu bieten? Freaks und Sensationen, richtig? Ganz schön clever, he? Ein richtiges kleines Genie, dein Mann, stimmt's?«

»Manny, um Himmels willen...«

»Aber das war noch nicht schlimm genug. Noch nicht mal das konnte ich richtig machen. Alles, was ich wollte, war etwas Einmaliges, etwas anderes, und was kommt dabei raus? Ein Schwindler nach dem anderen. Eine Niete nach der anderen. Dieser bescheuerte Zauberer aus Argentinien. Dieser Holzkopf von einem Kretin. Und dann diese bärtige Lady. Wer könnte *ihn* jemals vergessen, diesen großen Scharlatan. Einer nach dem anderen, alles Schwindler, Betrüger, Nieten. Tja, ich bin fertig. Fertig mit diesem ganzen Mist...«

»Manny...«

»Ja, ja, ich weiß, ich weiß. Du willst sicher wissen, was aus den Siamesischen Zwillingen geworden ist. Genau das hat mir den letzten Rest gegeben, Phyllis, das war der

Tropfen, der das Faß zum Überlaufen brachte. Heute morgen, ich krieg im *Arena* einen Anruf von Rodolfo. Irgend so ein neunmalkluger Reporter von der *News* hat einen meiner Zwillinge in einer Bar an der Third Avenue entdeckt. Ja, genau, *einen* der Zwillinge. Natürlich hat Rodolfo mich sofort aus der Show geschmissen. Er hat mir geschworen, daß ich in diesem Land nie wieder bei einem Zirkus oder irgendeiner Kuriositäten-Show arbeiten werde, und das kann er wirklich. Nein, wenn ich jetzt so drüber nachdenke, er kann mir gar nichts mehr. Niemand kann mir...«

»Manny! Bitte!«

»Es hat einfach keinen Sinn mehr, Phyllis. All die Jahre habe ich mir immer wieder eingeredet – *eine einzige* Nummer würde schon reichen. Ein einziger großer Durchbruch. Eine wirklich tolle Neuheit. *Ein* Knüller, und ich würde ganz oben an der Spitze stehen. Aber weißt du, was ich denke? Ich würde eine großartige Nummer nicht mal erkennen, wenn ich eine sehen würde. Ich bin ein Verlierer, Phyllis. Ich bin ein Versager. Mir läuft nie was Gutes über den Weg, mir gelingt überhaupt nichts. Das ist die nackte Wahrheit.«

»Manny...«

»Mach's gut, Phyllis. Du bist mir immer eine gute Frau gewesen, und ich wünschte, ich hätte dich besser behandelt. Aber glaube mir. Ohne mich bist du besser dran...«

»Manny, würdest du mir bitte mal *zuhören*? Ich bin *nicht* Phyllis. Phyllis ist nicht hier, sie ist einkaufen gegangen. Manny, ich bin's, Rex. Dein Hund. Dein *Hund*. Ich weiß auch nicht, was in mich gefahren ist. Als ich das Telefon klingeln hörte, *mußte* ich einfach rangehen. Ich hab's mit meiner Pfote vom Tisch gestoßen und hab einfach angefangen zu sprechen. Manny, kannst du mich hören? Ich bin's, Rex! Manny, sag doch was. Bitte! Manny, bist du noch da? Wuff! Manny! Manny!«

Die Erfolgsmaschine

Computer sind heutzutage der letzte Schrei, also mußte *General Products* auch unbedingt einen haben. Doch das verdammte Ding trieb sie um ein Haar in die Pleite. Warum? Es hatte kein Feingefühl. Es bestand einfach hartnäckig darauf, immer die Wahrheit zu sagen.

Der Personnelovac blinkte, zwitscherte, gluckste, kicherte und spuckte eine Karte in den Ausgabeschlitz. Colihan nahm sie heraus und schloß die Augen zu einem stillen Stoßgebet.

»Oh, mein Gott. Bitte mach, daß die hier in Ordnung ist!«

Er las die Karte. Sie war rosa.

Angestellter # 34580. Apt. Rat. 34577. Psych. Clas. 45. Letzte Ana.

Vac. An. 05/03/98. Rat. 19. Akt. Rat. 14.

Analyse: Angestellter zeigt reduzierte mechanische Koordination. Rückgang der Arbeitsleistung pro Mannstunde. Deutliche Steigerung unnützer Bewegungsaktivitäten verursacht durch Interesse des Angestellten an unwesentlichen Aktivitäten wie Pferderennen. Anzeichen gesteigerter Feindseligkeit gegenüber Vorgesetzten.
Empfehlung: Den Mann entlassen.

Colihan bekam weiche Knie. Er setzte sich und legte die Karte vor sich hin. Dann, nachdem er sich vergewissert hatte, daß er unbeobachtet war, verstieß er gegen den Firmengrundsatz und begann zu denken.

›Irgendwas stimmt hier nicht‹, dachte er. ›Irgendwas läuft da schrecklich falsch. Vierundzwanzig rosa Karten allein im letzten Monat. Vierundzwanzig von vierzig. Das ist ein Durchschnitt von...‹ Er versuchte es mit einem Kugelschreiber auszurechnen, gab dann jedoch auf. ›Vielleicht sollte ich es vom Averageovac ausrechnen lassen‹, dachte er. ›Aber wozu die Mühe? Es ist ganz offensichtlich, daß es ein hoher Durchschnitt ist. Ganz offensichtlich stimmt da IRGENDWAS NICHT.‹

Die Gegensprechanlage piepte.

»Die Zehn-Uhr-Konferenz der Abteilungsleiter, Mr. Colihan.«

»Ja, in Ordnung, Miss Blanche.«

Er erhob sich von seinem Stuhl und nahm die rosa Karte. Einen Augenblick lang stand er vor dem Aktionsschacht, tippte die Karte nachdenklich gegen seine Zähne. Dann straffte er pflichtbewußt seine Schultern und schob die Karte in den Schlitz.

Die Konferenz hatte bereits begonnen, als Colihan seinen Platz einnahm. Grimswitch, der Operator des Materielovac sah ihn fragend an. ›Verdammt, glotz mich nicht so an, Grimswitch‹, dachte er. ›Es ist schließlich kein Verbrechen, drei Minuten zu spät zu kommen. Während der ersten fünf Minuten wird sowieso nur eine Menge unwichtiges Zeug geredet.‹

»PEP!« sagte Präsident Moss am anderen Ende des Raumes. Er schlug seine kleine weiße Faust in die Handfläche seiner anderen Hand. »Es ist nur ein kurzes Wort. Es hat lediglich drei Buchstaben. P – E – P. PEP!«

Moss, der am Kopfende des beeindruckenden Konferenztisches stand, beugte sich vor und starrte sie unbeweglich an. »Aber diese drei kleinen Buchstaben, meine Freunde, stehen für ein erheblich größeres Wort. Ein erheblich größeres Wort für *General Products, Incorporated*. Sie stehen für PROFIT! Und falls Sie nicht wissen sollten, wie *Profit* buchstabiert wird: Profit steht für G – E – L – D!«

Es folgte ein anerkennendes Lachen der Abteilungsleiter. Colihan jedoch grübelte immer noch über die Parade rosafarbener Karten, die mit erschreckender Regelmäßigkeit von seinem Elektronengehirn ausgespuckt worden waren, und daher bekam er die Pointe nicht mit.

»Aber, aber«, flüsterte Grimswitch ihm verschmitzt ins Ohr. »Der Chef hat gerade einen Witz gerissen. Vergiß nicht zu lachen, alter Junge.«

Colihan warf ihm einen frostigen Blick zu.

»Und jetzt wollen wir wieder ernst werden«, sagte der Chef. »Denn die Lage *ist* ernst. Mächtig ernst. Irgendwo, irgendwie läßt uns *jemand* im Stich!«

Die Abteilungsleiter wechselten beklommene Blicke. Nur Grimswitch lächelte den kleinen alten Mann am Kopfende weiter abwesend an, trommelte dabei mit seinen Fingern auf die gläserne Tischplatte. Als der vernichtende Blick des Präsidenten auf ihn fiel, wurde Colihan kreidebleich. ›*Weiß er Bescheid?*‹ dachte er.

»Ich will hier niemanden beschuldigen«, sagte Moss. »Aber irgend jemand unter uns ist eine Enttäuschung. Douglas!« bellte er scharf.

Douglas, der Leiter der Finanzabteilung, rutschte nervös auf seinem Stuhl.

»Lesen Sie die Bilanz vor«, sagte der Präsident.

»Erstes Quartal des Rechnungsjahres«, sagte Douglas trocken. »Anlagekapital: $ 17.836.975.238,96. Aktiva: $ 84.967.422.279,55. Passiva: $ 83.964.283.774,60. Die Produktionskosten belaufen sich auf...«

Moss winkte ungeduldig ab. »Das Wesentliche, das Wesentliche«, sagte er.

Douglas rückte seine Brille zurecht. »Gesamter Reinertrag: $ 26.876.924,99.«

»VERGLEICHSWERTE!« schrie der Präsident. »Geben Sie uns die Zahlen des ersten Vorjahresquartals, Sie Idiot!«

»*Ähäm*!« Douglas raschelte verärgert mit dem Blatt Papier. »Im ersten Quartal des vergangenen Rechnungsjahres belief sich der gesamte Reinertrag auf $ 34.955.376,81. Das ist ein prozentualer Rückgang von...«

»Vergiß es.« Der kleine Mann befahl dem Leiter der Finanzabteilung mit einer müden Geste, sich wieder zu setzen. Bei seinen nächsten Worten schlich sich ein dramatischer Ausdruck in sein Gesicht, das in vielem an das Gesicht irgendeiner alten Großmutter erinnerte.

»Man braucht keinen Accountovac, um die Bedeutung dieser Zahlen zu verstehen, Gentlemen.« Er sagte es mit leiser, bebender Stimme. »Wir machen nicht genügend PROFIT. Wir verlieren GELD. Und der springende Punkt ist: Wieso? Es muß dafür *irgendeinen* Grund geben.« Wieder glitt sein Blick über sie, und Colihan, der sich wie der Schuldige vorkam, sackte in seinem Stuhl zusammen.

»Ich habe eine Vermutung«, sagte der Präsident. »Nur so eine Idee. Vielleicht legen ein paar von uns einfach nicht genug *Pep* an den Tag.«

Tiefes Schweigen.

Der Chef schob seinen Sessel zurück und ging zu einer mit Kork verkleideten Wand hinüber. Mit einer dramatischen Geste hob er einen Arm und deutete auf das weiße Schild, das ein Viertel der Wand bedeckte.

»Sehen Sie das?« fragte er. »Was steht dort?«

Die Abteilungsleiter wirkten unsicher.

»*Nun, was steht dort?*« wiederholte Moss.

»HANDELN!« schrien die Abteilungsleiter im Chor.

»Genau!« sagte der kleine alte Mann mit einem überraschenden Brüllen. »HANDELN! Das Wort, das uns an die Spitze gebracht hat. Das Wort, das das Schicksal unseres Geschäfts bestimmt. Das Wort, durch das *General Products* überhaupt erst zu dem geworden ist, was es heute ist!«

Er schritt auf und ab. Die Stühle im Konferenzzimmer knarrten, als die Abteilungsleiter sich bewegten, um ihm mit ihren Augen zu folgen.

»HANDELN ist unser Motto. HANDELN ist unsere Losung. HANDELN ist unser Schlüssel zum Erfolg. Und warum auch nicht? Die Computer kümmern sich um das Denken. Wir alle zusammengenommen könnten auch nicht annähernd so effektiv denken, nicht so perfekt, so *ehrlich* wie die Gehirne. Sie nehmen unsere Befehle entgegen, entscheiden sich für Rohstoffe, technische Ausrüstung, einzusetzende menschliche Arbeitskraft. Sie planen unsere Arbeit. Sie analysieren unsere Produkte. Sie analysieren unsere Leute.«

Colihan zitterte.

»Nur eine einzige wichtige Funktion bleibt uns überlassen. Und das ist das HANDELN!«

Der Präsident senkte den Kopf und kehrte langsam zu seinem Platz zurück. Er setzte sich und beendete seine Polemik mit einer seiner Stimme deutlich anhörbaren Erschöpfung.

»Genau deshalb brauchen wir Pep, Gentlemen. Pep. So ... und wie buchstabiert man das?«

»P! E! P!« brüllten die Abteilungsleiter.

Die Konferenz war vorbei. Nacheinander verließen die Abteilungsleiter den Raum.

Colihans Sekretärin legte die Morgenpost auf seinen Schreibtisch. Ein Stapel Mitteilungen und Aktennotizen von mindestens drei Zentimetern Höhe, und der Personalchef stöhnte bei seinem Anblick auf.

»Der Produktionsbericht sieht nicht besonders gut aus«, sagte Miss Blanche forsch. »Aber Morgan schickt uns heute noch einen Berg Eignungskarten. Grimswitch hat schon ein paar rübergeschickt. Das sind dann von ihm in diesem Monat bereits elf Stück. Er hat wirklich Probleme.«

Colihan grunzte. ›*Hat er auch verdient*‹, dachte er.

»Wie war die Konferenz?«

»Häh?« Colihan schaute auf. »Oh, bestens, bestens. Der Chef war wie üblich recht gut disponiert.«

»Ich glaube, auf dem Stapel da liegt auch ein Umschlag von ihm.«

»Was?« Colihan hoffte, daß ihm seine Besorgnis nicht anzusehen war. Er blätterte die Papiere schnell durch und zog schließlich einen eleganten weißen Umschlag mit den aufgeprägten Worten *Büro des Präsidenten* heraus.

Miss Blanche beobachtete ihn mit unverhohlener Neugier. »Das ist dann alles«, sagte er knapp.

Nachdem sie gegangen war, riß er den Umschlag auf und las dessen Inhalt. Der Brief war in Moss' krakeliger Handschrift abgefaßt, und es war die Bitte um ein Drei-Uhr-Gespräch von ›Mann zu Mann‹.

›*Oh, mein Gott*‹, dachte er. ›*Jetzt passiert's.*‹

Präsident Moss aß einen Apfel.

Er aß so gierig, daß ihm der Saft über sein Kinn lief. Wie er da hinter seinem massiven Eichenschreibtisch saß, den Sessel leicht nach hinten geneigt, Apfelsaft auf seinem Schnurrbart, wirkte er so klein und wenig furchterregend, daß Colihan wieder Mut faßte.

»Nun, Ralph ... wie geht es Ihnen.«

›Er hat mich Ralph genannt‹, dachte Colihan vergnügt. ›So ein übler alter Knabe ist er ja eigentlich gar nicht.‹

»Die Äpfel sind auch nicht mehr das, was sie früher einmal waren«, sagte der Präsident. »Dieses Hydrokultur-Zeug kommt auch nicht annähernd an das Obst heran, das wir früher immer gepflückt haben. Sagen Sie, sind Sie je auf einen richtigen Apfelbaum geklettert und haben sie von den Ästen geschüttelt?«

Colihan blinzelte. »Nein, Sir.«

»Die tollste Sache auf der Welt. Mein Vater hatte eine Obstplantage in Kennebunkport. Millionen Äpfel. Grüne Äpfel. Süße Äpfel. Köstlich. *Spy. Baldwin.*« Er seufzte. »Irgendwie ist unser Leben ärmer geworden, Ralph.«

›Na, er ist einfach nur ein netter alter Mann‹, dachte Colihan. Er sah den Chef mit neuer Sympathie an.

»Komische Sache, das mit den Äpfeln. Mein Vater hat sie unten im Keller immer in Fässern gelagert. Er hat immer zu mir gesagt: ›Andrew‹, hat er gesagt, ›leg niemals einen sauren Apfel in diese Fässer. Denn schon ein einziger Apfel kann den ganzen Rest verderben.‹« Der Chef sah Colihan an und nahm einen großen, geräuschvollen Biß.

Colihan lächelte dümmlich. Wollte Moss damit vielleicht irgendwas sagen?

»Tja, wir können nicht den ganzen Tag hier rumsitzen und in Erinnerungen schwelgen, Ralph. So sehr ich das auch genieße. Aber wir haben eine Firma zu leiten, nicht wahr?«

»Jawohl, Sir«, sagte der Personalchef.

»Eine mächtig große Firma noch dazu. Wie sieht's bei Ihnen aus, Ralph? Der alte Personnelovac rattert immer brav vor sich hin?«

»Jawohl, Sir«, sagte Colihan, fragte sich, ob er wohl seine Befürchtungen über den Computer aussprechen sollte.

»Wunderbare Maschine, das. Die wunderbarste von allen, wenn Sie mich fragen. Ist in der Lage, einen Mann wunderbar einzustufen. Und das beste ist: Die Maschine ist hundertprozentig *ehrlich*. Das ist eine mächtig wichtige Eigenschaft, Ralph.«

Colihan begann sich Sorgen zu machen. Der Chef war ihm für seinen Geschmack ein bißchen zu vertraulich.

»Jawohl, eine mächtig gute Eigenschaft. Mein Vater hat immer gesagt: ›Andrew, ein ehrlicher Mann kann dir jederzeit in die Augen schauen.‹«

Colihan starrte ihn verständnislos an. Er registrierte, daß Moss aufgehört hatte zu sprechen, daher sah er ihm gerade in die Augen und sagte: »Er muß ein großartiger Mann gewesen sein, Ihr Vater.«

»Er war ehrlich«, sagte Moss. »Das muß ich ihm wirklich lassen. Er war so ehrlich wie nur was. Haben Sie je von Dimaggio gehört?«

»Kommt mir irgendwie bekannt vor...«

»Das sollte es auch. Dimaggio war eine legendäre Gestalt. Er nahm eine Laterne und zog in die Welt hinaus, suchte nach einem ehrlichen Menschen. Und wissen Sie was? Er konnte keinen finden. Wissen Sie, Ralph, manchmal komme *ich* mir selbst wie Dimaggio vor.«

Colihan schluckte.

»Und wissen Sie auch, warum? Weil ich manchmal etwas wie *das hier* sehe« – die Hand des Chefs griff in den Schreibtisch und kam mit einem dicken Bündel rosafarbener Karten wieder zum Vorschein – »und dann frage ich mich, ob es noch einen einzigen ehrlichen Menschen auf dieser Welt gibt.«

Er legte die Karten vor Colihan.

»So, Sir«, sagte Moss. »Und jetzt reden wir mal ein bißchen Klartext. Diese Karten hier sind ausnahmslos rosa. Das bedeutet Entlassung, richtig? Das sind vierundzwanzig Leute, die im letzten Monat gefeuert wurden, ist das korrekt?«

»Jawohl, Sir«, sagte Colihan unglücklich.

»Und wie viele Karten sind in diesem Monat durch den Personnelvac gejagt worden?«

»Vierzig.«

»Das macht dann vierundzwanzig von vierzig. Womit wir einen Durchschnitt hätten von...« Tiefe Falten bildeten sich auf der Stirn des Chefs. »Tja. Egal. Aber das dürfte doch wohl ein recht ungewöhnlicher Rekord sein, meinen Sie nicht auch?«

»Jawohl, Sir, aber...«

»*So* ungewöhnlich, daß es nach sofortigem HANDELN verlangt, oder nicht?« Die Miene des Präsidenten stand jetzt auf Sturm.

»Jawohl, Sir. Aber ich habe den Computer überprüft...«

»Haben Sie das, Ralph?«

»Jawohl, Sir. Und der Maintainovac sagte, es wäre einfach alles perfekt. Alles in bester Ordnung.«

»*In bester Ordnung?* Sie nennen vierundzwanzig Entlassungen von vierzig Überprüfungen in Ordnung?« Der alte Mann stand auf, das Kernhaus seines Apfels immer noch in der Hand.

»Nun, ich verstehe es ja selbst nicht, Mr. Moss.« Colihan spürte den Schweißfilm auf seiner Stirn. »Nichts scheint den Computer mehr zufriedenzustellen. Er scheint höhere und immer höhere Ansprüche zu entwikkeln. Oder so. Nun, ich bin nicht mal sicher, daß er nicht sogar...«

»*Wen*?« sagte Moss donnernd. »*Wen* würde er nicht sogar feuern?«

Das Donnern seiner Stimme traf Colihan wie ein Schlag vor die Brust. Er schluckte schwer, und dann brachte er heraus: »Jeden, Sir. Auch mich, zum Beispiel.«

Plötzlich entspannte sich das Gesicht des Präsidenten wieder.

»Ich bin kein Tyrann, mein Junge. Das wissen Sie. Ich erledige nur einen Job, das ist alles.«

»Natürlich, Sir...«

»Nun, ich erwarte von Ihnen nicht mehr, als die Dinge im Auge zu behalten. Natürlich könnte es nur ein Zufall sein. Das ist die *logische* Erklärung.« Seine Augen wurden zu schmalen Schlitzen. »Was denken *Sie*, Ralph?«

»Ich, Sir?« sagte Ralph mit großen Augen. »Ich *denke* nicht, Sir. Ich HANDLE, Sir.«

»Guter Junge!« Der Chef lachte leise und schlug Colihan auf die Schulter. Für den Augenblick war Moss zufrieden.

Der Personnelovac rülpste.

Stöhnend nahm Colihan die Karte in die Hand. Sie war rosa.

Er ging zu dem Aktions-Schacht hinüber und ließ sie hineinfallen. Während sie hinunterflatterte, schüttelte Colihan traurig seinen Kopf. »Einunddreißig«, sagte er.

Er legte die nächste Personalakte in die Informationskammer. Er legte den Hebel um, und der Personnelovac, inzwischen warmgelaufen, blinkte, zwitscherte, gluckste und kicherte mit erstaunlicher Geschwindigkeit. Das Rülpsen, als die Karte heraussprang, klang beinahe vergnügt. Aber Colihans Gesicht war alles andere als vergnügt, als er sie in die Hand nahm.

Rosa.

»Zweiunddreißig«, sagte er.

Die nächste Karte kam aus Grimswitchs Abteilung. Es war Angestellter # 52098. Die Nummer kam ihm irgendwie bekannt vor. Colihan beschloß, die Akte persönlich zu überprüfen.

»Sam Gilchrist«, sagte er. »Mit Sam *muß* doch einfach alles in Ordnung sein. Er ist ein gottverdammtes *Genie*!«

Schnips. Blink. Zwitscher. Glucks. Kicher. RÜLPS!

Rosa.

»Armer Sam!« sagte Colihan.

Die restlichen Akten hatte er schnell eingefüttert.

Rosa.

Rosa.

ROSA.

Am Ende des Tages mühte Colihan sich mit einem stumpfen Bleistift ab. Für die einfache Rechnung benötigte er fünfzehn Minuten.

»Siebenundsechzig Überprüfungen. Dreiundzwanzig Okay. Vierundvierzig...«

Colihan hob eine Hand an seinen Kopf. »Was soll ich nur *machen*?«

Grimswitch folgte Colihan den Gang hinunter, als sie zum dritten Mal in dieser Woche aus dem Büro des Chefs kamen.

»Tja!« sagte er ausgelassen. »In letzter Zeit sind wir so ziemlich der kleine Liebling des Lehrers, he, Colihan?«

»Laß mich in Ruhe, Grimswitch.«

»Hat er dich vielleicht zur Minna gemacht, he? Bißchen gereizt, he? Keine Angst.« Grimswitchs fleischige Hand berührte auf unangenehme Weise die Schulter des Personalchefs. »Deine alten Freunde lassen dich schon nicht hängen.«

»Grimswitch, würdest du mich bitte endlich in Ruhe lassen?«

»Halt deinen Computer besser ein bißchen im Auge«, sagte Grimswitch leise lachend. »Könnte gut sein, daß er *dich* als nächsten feuert, alter Junge.«

Colihan war froh, als Morgan, der Produktionsleiter, Grimswitch fortrief. Doch als er sein eigenes Büro betrat, gingen ihm Grimswitchs Worte immer noch durch den Kopf.

›*Grimswitch*‹, dachte er. ›*Dieser fette Drecksack. Dieses Großmaul. Dieser Besserwisser.*‹

Beinahe stürmisch nahm er die Personalkarten des Tages in die Hand und blätterte sie unbekümmert durch.

›*Grimswitch, diese Laus*‹, dachte er.

Und dann kam ihm die Idee.

Falls Grimswitch immer noch mit Morgan quatschte, würde seine Sekretärin doch jetzt allein sein...

Wenn er sie jetzt anriefe und um Grimswitchs Personalakte bäte – nein, noch besser, wenn er Miss Blanche anrufen ließe...

›*Warum auch nicht?*‹ dachte er. ›*Immerhin bin ich der*

Personalchef. Klar, es ist ein bißchen ungewöhnlich. Er ist ein Abteilungsleiter. Aber es ist schließlich mein Job, oder nicht?‹

Colihan schaltete die Gegensprechanlage ein und rief Miss Blanche.

Seine Hand zitterte, als er Grimswitchs Karte in den Personnelovac eingab.

Die Maschine schien, auch wenn sie nach all der Arbeit des Tages immer noch warm war, länger als gewöhnlich für ihre zwitschernde, kichernde Untersuchung der lochcodierten Fakten der Akte zu brauchen.

Schließlich gab sie einen zufriedenen Rülpser von sich und übergab das Ergebnis Colihans begieriger Hand.

»Aha!« rief der Personalchef hämisch.

Er ging zu seinem Schreibtisch hinüber, schrieb eine kurze Notiz auf seinen Block und steckte dann Notiz und Karte in einen Umschlag. Darauf schrieb er *Büro des Präsidenten*. Dann ließ er ihn in den Aktions-Schacht fallen. Als der Brief verschwunden war, rieb er sich in freudiger Erwartung die Hände.

Als Miss Blanche ankündigte, daß Präsident Moss persönlich in Colihans Vorzimmer wartete, verbrachte der Personalchef einen hektischen Augenblick damit, den Müll auf seinem Schreibtisch aufzuräumen.

Der alte Mann betrat mit großen Schritten den Raum, legte dabei jede Menge P-e-p an den Tag und setzte sich forsch auf Colihans Sofa.

»Scharfe Augen, Ralph«, sagte er. »Scharfe Augen und ein wacher Verstand. Genau das verlangt dieses Geschäft. Das war wirklich sehr scharfsinnig von Ihnen, Grimswitch zu überprüfen. Hab diesem Burschen, der einem dauernd auf den Rücken klopfen zu müssen scheint, noch nie besonders über den Weg getraut.«

Colihan sah zufrieden aus. »Versuche nur, meinen Job zu machen, Sir.«

»Immer den Finger auf den wunden Punkt legen«, sagte Moss. »Den Nagel genau auf den Kopf treffen. Genau wie mein Vater immer zu sagen pflegte: ›Bäume sterben in der Krone ab.‹ Colihan...« Der Chef beugte sich vertraulich vor. »Ich habe einen Auftrag für Sie. Einen großen Auftrag.«

»Jawohl, Sir!« sagte Colihan eifrig.

»Wenn Grimswitch ein saurer Apfel ist, dann vielleicht auch noch *andere* Abteilungsleiter. Und wer weiß? *Er* weiß es.«

Moss zeigte auf den Personnelvac.

»Ich werde mir die Eignungsunterlagen sämtlicher Abteilungsleiter kommen lassen. Innerhalb der nächsten paar Tage werden Sie sie auf Ihrem Schreibtisch haben. Füttern Sie sie ein! Spüren Sie sie auf! Machen Sie das Totholz ausfindig, Colihan! HANDELN SIE!«

»HANDELN!« echote Colihan mit gerötetem Gesicht.

Der alte Mann erhob sich und trat vor den Computer.

»Wunderbare Maschine, das«, sagte er. »Ehrlich. Genau das gefällt mir an ihr am besten.«

Als Moss hinausging, hätte Colihan schwören können, daß er den Personnelovac blinken gesehen hatte. Er ging zu der Maschine hinüber und betastete den Hebel. Ausgeschaltet.

Es war eine interessante Woche für Colihan.

Morgan, der Produktionsleiter, wurde gefeuert.

Grimswitch kam vorbei, um den Personalchef zu sprechen, und versuchte ihm eins auf die Nase zu geben. Glücklicherweise war er ein wenig zu betrunken, und so ging der Schlag ins Leere.

Seegrum, der Operator des Versandcomputers, wurde gefeuert.

Douglas, dem Leiter der Finanzabteilung, wurde erlaubt, seinen Job zu behalten, doch der Personnelovac stieß eine finstere Drohung aus, sollte sich nicht sehr schnell eine deutliche Besserung einstellen.

Wilson, der älteste Angestellte der Firma, wurde entlassen.

Tatsächlich wurden sieben der zwölf Abteilungsleiter der *General Products* von den unheilverkündenden rosa Karten begrüßt.

Colihan, der nicht länger von Zweifeln geplagt wurde, hatte das Gefühl, daß das Leben wirklich lebenswert war. Er lächelte fast nur noch. Seine Aktennotizen waren kürzer und treffender denn je. Seine Absätze klackerten vergnügt die Büroflure hinunter. Er hatte P-e-p.

Und dann geschah das Naheliegendste auf der Welt – und Colihan hatte es einfach nicht vorausgesehen.

Seine Personalakte stand zur Diskussion.

»Sind Sie die Post schon durchgegangen?« erkundigte sich Miss Blanche.

»Äh . . . ja, fast.« Colihan sah sie schuldbewußt an. Er setzte die Brille wieder auf seine Nase. »Ein paar hab ich hier noch«, sagte er.

»Nun, wir könnten die Sache ebensogut abschließen. Mr. Moss möchte den Plan gern heute nachmittag fertig haben.«

»Wird er auch. Das wäre dann *alles*, Miss Blanche.«

Seine Sekretärin zuckte mit den Achseln und ging. Colihan ging mit der Akte in der Hand zu dem Personnelovac. Die Aktennummer lautete 630.

»Laß mich nicht im Stich«, sagte er zu dem Computer. Er legte die Lochkarte in die Maschine und warf den Hebel um. Die Maschine blinkte, zwitscherte, gluckste und kicherte mit beinahe unheilverkündender Gedämpftheit. Als die Karte am anderen Ende ausgespuckt wurde, nahm Colihan sie mit fest zusammengekniffenen Augen heraus. Mechanisch ging er zum Aktions-Schacht hinüber. Seine Hand zögerte, bevor sie die Karte hineinwarf. Dann überlegte er es sich anders, kehrte an den Schreibtisch zurück und riß die rosafarbene Karte in winzig kleine Fetzen.

Die Gegensprechanlage summte.

»Mr. Moss möchte Sie sprechen«, sagte seine Sekretärin.

»Colihan!«

»Jawohl, Sir?«

»Tun Sie nicht so unschuldig, Colihan. Ihr Bericht ist nicht vollständig. Er hätte jetzt schon längst fertig sein sollen.«

»Jawohl, Sir!«

»Sie HANDELN nicht, Colihan. Sie schinden Zeit!«

»*Nein*, Sir.«

»Und wo ist dann bitte sehr *Ihr* Personnelovac-Bericht, Colihan? He? Wo ist er?«

Colihan rang seine Hände. »Fast fertig, Sir«, log er. »Ich lasse ihn gerade durchlaufen, Sir.«

»Dann mal ein bißchen schneller, wenn ich bitten darf. Ein bißchen schneller! Zeit ist Geld, mein Junge. Sie haben doch wohl keine *Angst*, oder, Colihan?«

»Nein, *Sir*.«

»Dann her damit. Keine weiteren Verzögerungen mehr! Den Stier bei den Hörnern gepackt! Ich erwarte ihn in einer Stunde, Colihan. Verstanden?«

»Jawohl, Sir!«

Der Chef legte auf. Colihan stöhnte laut auf.

»Was soll ich jetzt nur machen?« fragte er sich. Er ging zu dem Computer und drohte ihm hiflos mit der Faust. »Verdammte Kiste!« fluchte er.

Er mußte nachdenken. Er mußte *nachdenken*!

Es kostete ihn große Mühe. Er zappelte auf seinem Stuhl herum wie ein Fisch an einem Haken. Er schlug mit seinen Handflächen auf die Schreibtischplatte. Er ging auf und ab und raufte sich die Haare. Schließlich gab er erschöpft auf und ließ sich schlapp auf die Couch in seinem Büro fallen, fügte sich in sein Schicksal.

Genau in diesem Augenblick – perverses Organ, das der Verstand nun einmal war – kam ihm eine Idee.

Der Maintainovac besaß eine beunruhigende Ähnlichkeit mit Colihans eigenem Computer. Wilson, der älteste Angestellte der *General Products*, war der Mann gewesen, der den Wartungscomputer bedient hatte. Er war ein netter alter Trottel gewesen, dieser Wilson, jederzeit bereit, Colihan einen Gefallen zu tun. Nachdem er aber im Verlauf von Colihans Säuberungsaktion hinausgekehrt worden war, mußte sich der Personalchef mit einem neuen Mann namens Lockwood auseinandersetzen.

Lockwood ließ sich allerdings nicht leicht überrennen.

»Lassen Sie Ihre Finger von meinen Akten, Mister«, sagte er.

Colihan versuchte, eine überlegene Miene aufzusetzen. »Ich bin hier der Vorgesetzte, Lockwood. Das wollen wir doch nicht vergessen.«

»Diese Akten fallen in meinen Zuständigkeitsbereich.«
Lockwood, ein kräftiger junger Mann, baute sich zwischen Colihan und dem Aktenschrank auf.

»Ich möchte etwas nachprüfen. Ich brauche die Wartungsunterlagen von meinem Computer.«

»Wo ist Ihr Anforderungsschein?«

»Dafür habe ich jetzt keine Zeit«, sagte Colihan wahrheitsgemäß. »Ich brauche sie *jetzt*, Sie Dummkopf.«

Lockwood setzte eine steinerne Miene auf.

»Seien Sie ein guter Junge, okay?« Colihan erkannte schnell, daß Schmeicheleien nicht die Lösung waren.

»In Ordnung«, sagte er, ging zurück zur Tür. »Ich wollte Ihnen nur helfen.«

Er öffnete die Tür einen Spaltbreit. Und natürlich reagierte Lockwood.

»Was meinen Sie damit, Sie wollten *mir* nur helfen?«

»Wußten Sie es nicht?« Colihan drehte sich wieder zu ihm um. »Ich lasse gerade eine Eignungsüberprüfung auf dem Personnelovac laufen. Sonderüberprüfung aller Abteilungsleiter. Anweisung von Mr. Moss.«

»Und?«

»Ich war gerade dabei, Ihre Akte einzugeben. Aber ich dachte mir, ich sollte mich vorher lieber vergewissern, daß der Computer auch richtig funktioniert.« Seine Stimme nahm einen vertraulichen Tonfall an. »Wissen Sie, diese verdammte Maschine hat in letzter Zeit einfach jeden gefeuert.«

Ein kleiner Steinschlag löste sich auf Lockwoods steinernem Gesicht.

»Tjaaa...«, sagte er. »Wenn das so ist...«

»Ich wußte doch, daß Sie verstehen würden«, sagte Colihan sehr sanft.

Eifrig stellte der Personalchef die Unterlagen des Personnelovac zusammen. Sie waren erheblich komplexer als jede andere Personalakte, und Colihan benötigte für diese Aufgabe den größten Teil einer Stunde. Er rechnete bereits jeden Augenblick damit, die wütende Stimme des Präsidenten aus der Gegensprechanlage zu hören.

Seine Besorgnis machte ihn zappelig, aber schließlich hatte er die Aufgabe erledigt.

Er schob die Akte mit ihren zahllosen Codierungslöchern in das Gehirn.

»So, und jetzt werden wir ja sehen«, sagte er grimmig. »Jetzt werden wir feststellen, was mit diesem Monster los ist.«

Er legte den Schalter um.

Der Personnelovac blinkte.

Es dauerte mehrere Minuten, bevor der Computer die Informationen in seiner Kammer verdaut hatte. Und dann zwitscherte die Maschine.

Und gluckste.

Und kicherte.

Colihan hielt seinen Atem an, bis schließlich der RÜLP-SER kam.

Die Karte tauchte auf. Auf ihr stand:

Angestellter #PV8. Mech. Rat. 9987. Mem. Rat. 9995. Letzter Per. Vac.

An. Keine. Akt. Rat. 100.

Anlayse: Angestellter funktioniert mit maximaler Leistung. Ausgelegt für Höchstleistung. Ist absolut ehrlich und zeigt keinerlei einseitige Vorlieben, Voreingenommenheit oder Gefühle bei der Ausarbeitung der Personalbewertungen. Kumulative Zunahme der Gedächtnisleistung. Analytische Fähigkeit steigert sich laufend.

Colihan ging langsam zum Aktions-Schacht hinüber, während er die Karte zu Ende las.

Allerdings, stand dort, *zeigt Angestellter bei analytischer Berechnung aufgrund mechanistischer Herangehensweise an humane Bewertungen Unfähigkeit zu integrierender menschlicher Beurteilung, was zwar einerseits zu technischer Exaktheit, andererseits aber in humaner Hinsicht auch zu unzutreffenden Schlußfolgerungen führt.*

Empfehlung: Den Mann entlassen.

Colihan ließ die rosa Karte in den Schacht fallen. Eine halbe Stunde später beendete die Aktionsmaschinerie der *General Products* ihre Arbeit, und der Personnelovac hatte zum letzten Mal geblinkt.

Der Stuhl

Troxell ging mit diesem ekelhaften, geheimnisvollen Lächeln auf dem Gesicht im Büro auf und ab, womit es ihm mal wieder gelang, gut neunzig Prozent seiner Kollegen zu verblüffen, zu reizen und sogar zu verärgern. Zu denen ich mich auch selbst zählte. Aus keinem besonderen Grund saßen Troxell und ich in der Kantine der Firma immer an einem Tisch, auch wenn er in der Produktion und ich in der Buchhaltung arbeitete. Wir hatten eine dieser oberflächlichen Freundschaften, die mit der Bürobeleuchtung an- und ausgeknipst wurde. Als ich ihn fragte, geradeheraus, direkt in sein widerlich grinsendes Gesicht, zuckte er bloß mit den Achseln und beugte sich über sein Tablett, sah noch glückseliger aus, nur weil er gefragt worden war.

Und dann sah er mich eines Tages, ohne jede Ermunterung, mit seinen strahlenden Augen an und sagte es mir.

»Ich kaufe mir einen *Stuhl*«, sagte er.

Meine Zähne vergruben sich in das Sandwich, das ich gerade aß. Troxell hätte mich nicht mehr überraschen können, wenn er gesagt hätte, daß er für das Amt des Präsidenten kandidieren wolle. Denn immerhin, da auch seine Gehaltsabrechnung durch meine Hände ging, kannte ich seine finanziellen Verhältnisse wie meine eigenen. Um es genau zu nehmen, wir gehörten zur gleichen Einkommensgruppe.

»Bist du verrückt?« sagte ich. »Wie zum Teufel kannst du dir einen Stuhl leisten? Das Basis-Modell kriegt man nicht unter zwanzigtausend!«

»Eleanors Vater ist gestorben«, meinte Troxell selbstzufrieden. »Der alte Simulant hat all die Jahre von dieser Staatspension gelebt. Socken voller Geld überall in seinem verdreckten Haus. Eleanor hat gesagt, ich könnte mir jeden Wunsch erfüllen, und da mußte ich doch nicht zweimal überlegen, oder?«

»Nein«, sagte ich, schluckte Sandwich und Neid hinunter. »Deshalb bist du also in letzter Zeit wie ein grinsender Kater durch die Gegend gerannt.«

Lässig verteilte er Butter auf einem Brötchen. Ich hätte ihn umbringen können.

»Um eins habe ich mit Mr. Kerslake einen Termin bei der *Chair Company*. Hast du Lust mitzukommen?«

»Nein«, sagte ich. »Wieso sollte ich mich selbst quälen?«

Aber ich ging trotzdem mit. Ich war neugierig. Ich kam mir vor wie ein kleines Kind, das sich seine Nase am Schaufenster eines Spielzeugladens plattdrückt.

Der Verkaufsraum der *Chair Company* befand sich an der Fifth Avenue. Es war ganz und gar nichts Besonderes. Die Empfangsdame war ein nettes, überaus attraktives Exemplar ihrer Art, und ich setzte mein Sonderrecht als Junggeselle ein, um ein bißchen mit ihr zu flirten. Troxell saß einfach nur auf der Bank im Wartezimmer und zappelte nervös herum.

Dann kam Kerslake heraus, ein kräftiger, rosafarbener Zylinder von einem Mann mit viel zuviel Farbe auf seinen rundlichen Wangen. Er führte uns in einen langen, schmalen Raum, rollte einen Diaprojektor herein und startete mit seiner Verkaufsnummer.

Klick. Foto eines alten sitzenden Gottes, präkolumbianisch. »Seit den frühesten Tagen der Menschheit«, sagte Kerslake, »war es klar, daß die natürlichste Haltung für die menschliche Gestalt, ihren Aufbau und die Art ihrer Gelenkverbindung die sitzende Stellung war. Indem in ihr ein Maximum an Komfort mit der Fähigkeit, eine Vielzahl von menschlichen Aktivitäten verrichten zu können, kombiniert war, entstand aus der Sitzhaltung der gebräuchlichste und nützlichste Gegenstand der modernen Hausmöbel.«

Klick.

»Der Stuhl. Funktionell, dekorativ, einfach. Vom alten Ägypten bis zur Renaissance erlebte er eine Reihe einfacher Verbesserungen, die an seiner wesentlichen Struktur nur wenig änderten. Tatsächlich darf wohl mit Recht behauptet werden, daß der Stuhl seit Chippendale«, klick, »und Hepplewhite«, klick, »bis zum heutigen Tage seine wesentlichen Charakteristika beibehalten hat.«

Klick. Unser Firmengründer, alter Gentleman mit Bart.

»Natürlich nur, bis Andrew Franklin Fortescue im Jahre 1987 seinen ersten *Comfort-Customed Chair* patentieren ließ und die Firma gründete, die heute allgemein unter dem Namen *Chair Company* bekannt ist.«

Ich gähnte, und Mr. Kerslake warf mir einen mißbilligenden Blick zu.

»Der heutige *Chair* unterscheidet sich natürlich völlig von dem primitiven *Comfort-Customed*-Modell jener längst vergangenen Tage. Nichtsdestoweniger besitzt auch der moderne *Chair* immer noch alle wesentlichen Merkmale, die ihn zum größten Segen für Komfort und Behaglichkeit des Menschen gemacht haben, seit Prometheus uns das Geschenk des Feuers brachte.«

Klick.

»Hier sehen Sie den Anproberaum der *Chair Company*, wo jeder Kunde seinen individuellen *Chair* buchstäblich nach seinem Abbild ›erschafft‹. Die Maschine, die Sie hier sehen, enthält über einhunderttausend hochempfindlicher Sensoren und registriert über eine Million elektrischer Impulse in ihrem Verarbeitungscomputer. Der Computer zeichnet all diese Daten auf und speichert sie zur weiteren Verwendung während der Anfertigungsphase ab. In unserem Formungs-Labor wird anschließend aus speziellen Plastikmaterialien der Rohling des Stuhles angefertigt, der dann nach Wunsch des Kunden sämtliche weiteren Extras erhält.«

Klick.

»Hier sehen Sie das Basis-Modell des *Chair* ohne alle weiteren Extras. Seine eher derbe Konstruktion läßt die komplizierte Maßarbeit der Anformung nicht erahnen, die für jeden einzelnen Millimeter Fleisch, Muskeln und Knochen einen Ruheplatz bereitstellt, die für einen solchen Grad an Komfort bürgt, wie er dem sterblichen Menschen bislang unbekannt war. Um Ihnen die Wahrheit zu sagen, es gibt gar nicht genug Adjektive, um diesen Komfort zu beschreiben, der ausschließlich für ein einzelnes Individuum erschaffen wurde. Es gibt keine ›Second hand‹-Stühle.«

Ein leises Lachen.

»Vielleicht fragen Sie sich jetzt, was aus dem Komfort meines Stuhles wird, wenn *ich* mich verändere? Wenn mein Gewicht oder meine Körpermaße zu- oder abnehmen? Die Antwort ist einfach. Nicht nur, daß der Stuhl geringfügige Schwankungen in der Statur selbst ausgleicht, die schriftliche Garantie der *Chair Company* verspricht auch eine jährliche kostenlose Nachjustierung.«

Klick.

»Natürlich sind eine ganze Reihe von Extras erhältlich«, sagte Kerslake beiläufig.

»Eine integrierte Stereoanlage.« Klick. »Dreidimensionales Fernsehen.« Klick. »Kühlschrank und Getränkeautomat für alkoholhaltige wie auch alkoholfreie Getränke.« Klick. »Massageeinheit für die Muskulatur und zur besseren Durchblutung.« Klick. »Automatische, sterile, desodorisierte *Chem-o-Magic*-Sanitäreinheit.« Hust.

»Und weitere Extras. Für die anspruchsvollsten *Chair*-Modelle ist auf Wunsch das neue *Food-o-Mat*-System erhältlich, das eine vollständige, gesunde Fünf-Mahlzeiten-pro-Tag-Diät bereitstellen kann. Der *Food-o-Mat* wird, wie im übrigen auch alle anderen Extras des Stuhles, auf einer regelmäßigen Basis von der *Chair Company* gewartet und überprüft.«

»Und die Kosten?« sagte ich leise.

»Die Kosten«, sagte Kerslake, wobei er seinen Mund zuschnappen ließ wie einen winzigen Geldbeutel, »sind beträchtlich. Wie Sie wissen, kommt das Basis-Modell auf neunzehntausendfünfhundert Dollar, Lieferung frei Haus. Aber lassen Sie mich daran erinnern, daß Mr. Fortescues ursprüngliches Modell noch für immerhin *fünfundvierzig*tausend Dollar verkauft wurde. Innerhalb der nächsten fünf bis zehn Jahre glauben wir einen Verkaufspreis anbieten zu können, der es jedem Haushalt ermöglichen wird, sich einen Stuhl zu leisten.«

Troxell leckte sich wie ein sabbernder Hund über die Unterlippe.

»So lange kann ich nicht warten. Ich will den wunderbaren Komfort jetzt. Nach allem, was ich darüber höre...«

»Sie werden nicht enttäuscht sein«, sagte der Verkäufer. »Noch nie war jemand von einem *Chair* enttäuscht.«

»Wann kann ich zur Anprobe kommen?« erkundigte sich Troxell.

Er atmete schwer. Mir war das alles ein bißchen peinlich.

»Wann?« sagte Troxell.

Troxells Jahresurlaub war für Mitte August geplant. Er beantragte bei der Firmenleitung eine Vorverlegung um zwei Monate auf den 15. Juni. Er vertraute mir an, daß dieses Datum mit dem zugesagten Liefertermin seines Stuhls zusammenfiel.

Als er aus dem Urlaub zurückkehrte, sah er ganz und gar nicht mehr so glückselig aus. Genaugenommen hatte er sogar Ringe unter den Augen und einen merkwürdig steifen Gang. Ich paßte ihn in der Cafeteria ab und sagte:

»Und, wie steht's? Wie ist der Stuhl?«

»Schon okay«, sagte er ausweichend. »Wie geht's dir, Kumpel, wie läuft's denn so in der alten Tretmühle?«

»Zur Hölle damit«, sagte ich. »Erzähl mir lieber von deinem Stuhl. Was ist das für ein Gefühl, auf dem Schoß von zwanzigtausend Dollar zu sitzen?«

Er lächelte matt. »Mir gefällt's«, sagte er. »Ja, mir gefällt's ziemlich gut.«

Mir war nicht ganz klar, ob seine laue Antwort auf Enttäuschung oder simpler Zurückhaltung basierte. Er wollte einfach nicht über den Stuhl reden, gleichgültig wie sehr ich ihn auch immer löcherte und die einzige andere Bemerkung, die ich zu diesem Thema von ihm hörte, war vage und geheimnisvoll und möglicherweise auch nur ein Produkt meiner lebhaften Phantasie. Es war noch früh am

Morgen. Wir gingen zusammen durch das Foyer, unterwegs zu den jeweiligen Plätzen in der Tretmühle, als er seine Augen schloß und leise vor sich hin murmelte. »Ach, Stuhl, Stuhl«, so hörte es sich wenigstens an, aber sicher, wirklich absolut sicher konnte ich nicht sein.

Troxells erste lange Abwesenheit von der Firma folgte kurze Zeit später. Er war einen Monat lang fort, angeblich wegen irgendeiner Viruserkrankung. Als er wieder zur Arbeit kam, passend ausgezehrt und blaß aussehend, bekam er natürlich prompt den Rückfall, vor dem ihn jeder gewarnt hatte. Er kam nie zurück. Ich wußte nicht, ob er gefeuert worden war oder ob er einfach beschlossen hatte, daß Eleanors Erbschaft ausreichte, um ihm ein Leben in süßem Nichtstun zu ermöglichen. Ich bekam lediglich die offizielle Anweisung der Firmenleitung, ihn von der Gehaltsliste zu streichen. Vielleicht waren Troxell und ich ja keine außergewöhnlich dicken Freunde gewesen, aber trotzdem war es schon irgendwie traurig, ihn aus der Gehaltsabrechnungsmaschine zu streichen.

Es war zwei Monate später, als sich diese Frau mit ihren feuchten Augen und ihren bebenden Lippen im *Lackaday Saloon* direkt gegenüber vom Büro an mich krallte. Zunächst war ich ziemlich verärgert, hatte keine Ahnung, wer sie war, nahm es ihr übel, mich auf diese unschöne Art in meiner Freizeit zu stören. Im *Lackaday* drängelten sich die Leute in Viererreihen an der Theke, und ich machte ganz gute Fortschritte bei dieser blonden Göttin aus der Abteilung für Außenstände, als die Frau mit ihren brüchigen Nägeln am Ärmel meiner Jacke zerrte und der bebende rote Strich ihrer Lippen meinen Namen mit einer Stimme aussprach, die krächzte und zitterte und wenn schon nicht meine Sympathie, so doch zumindest meine Aufmerksamkeit verlangte. Ich fand eine vergleichsweise ruhige Ecke und ließ sie ihre Geschichte erzählen.

»Tut mir leid«, nuschelte sie. »Ich habe versucht, Sie schon früher zu erreichen, und im Büro sagte man mir, daß Sie vielleicht hier sein könnten...«

»Was gibt's denn?« sagte ich. »Was wollen Sie?«

»Ich bin Eleanor Troxell«, sagte sie.

Zwei dicke fette Tränen rollten ihre ungeschminkten Wangen hinab.

Ich lud sie auf einen Kaffee in den Diner um die Ecke ein. Sie ging zuerst auf die Toilette und kehrte einige Zeit später, wenn auch nicht hübscher, so doch wenigstens etwas gefaßter, zurück.

»Harvey hat mir viel von Ihnen erzählt«, sagte sie. »Darüber, daß Sie beide gut befreundet wären.«

Dann waren Troxell und ich also gute Freunde. Das war neu für mich, doch ich ließ mir meine Überraschung nicht anmerken.

»Ich weiß nicht mehr, was ich noch tun soll«, sagte sie. »Außer einer Schwester in Des Moines hat Harvey keine Familie mehr, und ich weiß nicht, zu wem ich noch gehen soll.«

»Ist Harvey krank, Mrs. Troxell?«

»Nein, nein, nicht krank. Wenigstens nicht so, wie Sie meinen. Es ist dieser Stuhl, dieser verdammte Stuhl!«

Ihre Augen zuckten schuldbewußt umher, so als hätte sie Angst, zufälligerweise von jemandem gehört zu werden, bei einer Blasphemie, Illoyalität oder Obszönität ertappt zu werden.

»Er steht nie mehr auf«, flüsterte sie mir zu. »Er hat den Stuhl seit Wochen nicht mehr verlassen, Mr. Lundy. Er hat praktisch jeden Cent, den mein Vater mir hinterlassen hat, für irgendwelche Extras ausgegeben, nur damit er auch nicht eine Minute aus diesem Stuhl aufstehen muß...«

»Sie müssen wohl ein bißchen übertreiben«, sagte ich.

»Nicht mal eine Minute?« Das Bild, das ihre Worte heraufbeschwörten, war beinahe amüsant.

»Ich sage Ihnen doch, niemals. Er schläft darin, er ißt darin. Er hat sich diese verfluchte *Chem-o-Magic*-Sanitäreinheit gekauft.« Sie errötete stark. »Der Stuhl massiert ihn, badet ihn, macht alles mögliche, bis auf ihn zu füttern. Das kommt als nächstes. Sie haben da so ein automatisches Ernährungsgerät...«

»Den *Food-o-Mat*«, sagte ich.

»Der Stuhl hat uns jetzt schon an die fünfzigtausend gekostet. Die Installation des *Food-o-Mat* wird weitere zehntausend plus fünfzehnhundert pro Jahr für die Wartung verschlingen...« Sie hob ihre feuchten Augen. »Aber es ist nicht nur das Geld, Mr. Lundy. Er ist kein Ehemann mehr, er ist nicht mal mehr ein Mann! Er vegetiert nur noch vor sich hin...«

Ich hatte keine Ahnung, was sie von mir erwartete. Guten Rat, finanzielle Hilfe? Ersteres war einfacher zu bewerkstelligen.

»Nun, ich würde mich nicht zu sehr darüber aufregen, Mrs. Troxell. Immerhin, der Stuhl ist ungefähr so was wie ein neues Spielzeug. Sie können Harv wohl kaum einen Vorwurf machen, wenn er soviel wie nur möglich aus dem Ding herausholen will. Sie werden schon sehen, nach einer Weile wird er wieder zur Vernunft kommen.«

»Er wird diesen Stuhl nie mehr verlassen, Mr. Lundy. Der Stuhl ist jetzt sein ganzes Leben. Ich bin sicher, eher würde er mich aufgeben...«

Und schon wieder die Tränen. Ich beobachtete unge-rührt ihr Weinen. Irgendwie hielt mich die Erinnerung an Troxells selbstgefälligen, glückseligen Ausdruck davon ab, Mitleid mit seiner Frau zu empfinden. Aber ich sagte:

»In Ordnung, Mrs. Troxell, ich mache Ihnen einen Vor-schlag. Wie wär's, wenn ich Harvey dieses Wochenende besuche und mal mit ihm rede? Ich weiß zwar nicht, ob das irgendwas nützt, aber versuchen kann ich's ja mal.«

Sie drückte meine Hand, und ihre roten Lippen bebten vor lauter wehmütiger Dankbarkeit.

Erbschaft oder nicht, die Troxells lebten in einem eintöni-gen Vorort, und ihr ein viertel Morgen großes Grundstück war auch nicht grüner als das ihrer Nachbarn. Ich ging den Weg zur Haustür hinauf, schimpfte leise vor mich hin, meinen freien Samstagmorgen geopfert zu haben, und drückte auf die Klingel. Mrs. Troxell machte auf. Sie trug ein gelbes Kleid und eine kesse kleine Schürze, schien recht fröhlich zu sein und duftete wie eine Keksdose.

»Ich backe gerade«, sagte sie vergnügt. »Harvey ist in der Bibliothek. Er wird sich freuen, Sie zu sehen.«

Ich folgte ihr ins Haus. Sie hüpfte und wackelte wie alle glücklichen Hausfrauen dieser Welt, fest entschlossen, eine Normalität sicherzustellen.

In Troxells Bibliothek gab es keine Bücher. Da waren lediglich Harvey Troxell und sein Stuhl.

Ich hatte geglaubt, ich wäre nach meinem Besuch bei der *Chair Company* auf den Anblick vorbereitet gewesen, doch jetzt sah ich, daß der Unterschied zwischen einem mit allen Extras ausgestatteten Stuhl und dem Basismodell genauso groß war wie der Unterschied zwischen einem Ruderboot und einem Schlachtschiff. Der Sitz selbst, ein gigantisches, amorphes Marshmallow aus einem sackartigen schwarzen Plastikmaterial, steckte unter einem Aufbau klobiger mechanischer Vorrichtungen, die mit Hebeln, Knöpfen, Reglern, Sicherungen, Schaltungen und Schaltern übersät waren. Mein alter Kumpel Troxell, vor einer blinkenden Instrumententafel, sah wie ein Mann aus, der bei lebendigem Leib von einem Computer gefressen wurde und diese Erfahrung auch noch genoß.

»Stanley!« sagte er, lächelte dabei breit, bot mir allerdings nicht seine Hand an. (Seine Hände steckten nämlich in zwei zylinderförmigen Behältern, und als sie einige Zeit später daraus auftauchten, sah ich, daß die Fingernägel ordentlich maniküurt waren.) »Wie geht's dir, und was macht die alte Tretmühle?«

»Alles bestens«, sagte ich matt, »alles bestens. Tja, da hast du ja wirklich einen tollen Stuhl, was, Harv?«

Er strahlte wie ein Heiliger über einem Altar.

»Es ist ein Lebensstil«, sagte er scherzhaft, aber ich wußte, daß er es wortwörtlich meinte. »Früher dachte ich, er wäre einfach nur bequem. Aber es ist mehr als das, Stanley, wenn du nur wüßtest.«

»Keine Chance«, sagte ich grinsend. »Deine Frau hat mir erzählt, was ein paar von diesen Dingern da kosten.«

»Geld ist mir egal. Meinst du, mir würde das Geld jetzt noch was bedeuten?« Er sagte es beinahe mitleidig. »Ich sag dir was, Stanley. Wenn der Stuhl eins für dich tut, dann ist es, dir ein bißchen Verstand einzubläuen. Man kriegt ein Gefühl für Proportionen, man kommt dahinter, was Leben wirklich bedeutet.«

»Ach, komm«, sagte ich lachend. »Das da kannst du doch wohl wirklich nicht *leben* nennen, oder? Dein ganzes Leben auf einem Stuhl zu verbringen?«

»Ja, Stanley«, sagte er ernst. »Es ist das einzige Leben, das zu leben sich lohnt. Was bringt es dir ein, all dieses Rumgerenne, angetrieben von Ehrgeiz, immer auf der Jagd nach den Dollars? Warum machst du das, Stanley? Natürlich des Komforts, des bloßen leiblichen Wohls wegen. Und genau das ist es, was der Stuhl dir gibt, Kumpel. Verstehst du denn nicht? Es ist genau das, hinter dem letzten Endes doch alle her sind. Und hier ist es.« Eine Hand tauchte aus dem Zylinder auf und tätschelte zärtlich den Stuhl. Zärtlich? Nein, liebevoll.

»Okay«, sagte ich. »Wenn es das ist, was du willst, okay. Jedenfalls ist es nicht meine Vorstellung vom Leben, das ist alles.«

»Du hast ja keine Ahnung«, sagte Troxell traurig. »Du hast einfach keine Ahnung, Stanley. Wenn ich irgendwas haben möchte, der Stuhl gibt es mir. Massage, Waschen, Dusche, Whirlpool, Zehennägel schneiden, Haarschnitt, Rasur. Ich kann ein Training machen, das fünf Sätzen Tennis entspricht oder einem Querfeldein-Lauf. Er kratzt mir den Rücken, reibt mir den Nacken, schamponiert meine Haare oder singt mich in den Schlaf. Er liest mir vor, unterrichtet mich, und kommende Woche, wenn sie den *Food-o-Mat* installieren, wird er mich auch noch füttern...«

»Er behandelt dich wie einen Invaliden, Harvey...«

Troxell lachte. »Ach, das ist komisch, Stanley, du ahnst ja gar nicht, wie komisch das ist. Das ist genau das, was Eleanor gesagt hat, ganz genau dasselbe. Nur um ihr endlich den Mund zu stopfen, habe ich vor ein paar Wochen den Arzt kommen lassen. Und weißt du, was er gesagt hat? Ich wäre bei bester Gesundheit. Stanley, es geht mir besser als je zuvor in meinem ganzen Leben. Der Stuhl kümmert sich um mich. Ich erkälte mich nie und hole mir auch keine anderen ansteckenden Krankheiten. Mir fehlt es nie an körperlicher Bewegung, ich werde immer anständig ernährt. Die Leute von der *Chair Company* arbeiten sogar an einem Gerät, das sie PDÜ, Permanentes Diagnostisches Überwachungsinstrument, nennen. Jede Sekunde werden sämtliche Körperfunktionen überwacht, Stanley, na, das bedeutet doch wohl, auf seine Gesundheit zu achten, he, na, was sagst du dazu?«

»Aber was ist mit dem Geld, Harv? Diese Erbschaft wird nicht für immer und ewig reichen. Du erwartest doch wohl nicht von deiner Frau, daß sie arbeiten geht, oder, nur damit du in deinem Stuhl sitzen bleiben kannst?«

»Ich brauche kein Geld«, sagte er einfach.

»Jeder braucht Geld, Harv. Du mußt doch leben.«

»Ich lebe. Der Stuhl kümmert sich um mich. Wenn wir erst den *Food-o-Mat* bezahlt haben, kommen keine weiteren Kosten mehr auf uns zu, nur noch ein paar Tausend pro Jahr für die Wartung. Die Einkünfte aus der Erbschaft decken das problemlos. Ich weiß wirklich nicht, was Eleanor dauernd zu quaken hat.«

Ich trat einen Schritt näher. Zum ersten Mal sah ich mir Troxell jetzt genauer an, und es war alles andere als ein angenehmer Anblick. Nicht, daß er ungesund aussah. Seine Haut war gebräunt, seine Augen klar, und auf seinem Gesicht gab es nicht eine Falte. Es war diese absolute Perfektion, die so unheimlich war, die Troxell das Aussehen des Vetters des Todes verlieh. Seine Augen waren nicht einfach nur klar, sie waren leer; das Licht, das in ihnen schimmerte, besaß nicht mehr Leben als die Lämpchen auf der Instrumententafel des Stuhles. Er hatte diesen schlaffen, offenen Mund des Säuglings, der darauf wartete zu saugen, und als seine Hände aus dem Manikürer kamen, baumelten sie an seinen Handgelenken wie irgendwelche mechanischen Anhängsel, die nur dazu gebraucht werden konnten, Hebel umzulegen und Knöpfchen zu drücken und Einstellknöpfe zu drehen.

»Harvey«, sagte ich. »Harvey, was ist mit deiner Frau? Kann ja sein, daß du dich pudelwohl fühlst und glücklich bist, aber was ist mit ihr?«

Es dauerte einen Augenblick bis er darauf antwortete. Dann lächelte er.

»Die arme Eleanor«, sagte er. »Ich habe ihr gesagt, sie solle sich auch einen Stuhl bestellen, aber sie wollte nicht auf mich hören. Sie braucht ihn mehr als ich, sie ist eine sehr labile Person.«

»Das habe ich nicht gemeint, Harvey. Eleanor ist eine Frau, und du bist ihr Mann. Es gibt gewisse Dinge im Leben...«

Er schien mir gar nicht zuzuhören. Seine Hand schlängelte sich vor und berührte irgend etwas auf der Kontrolltafel. »Entschuldige mich, Stanley«, sagte er. »Es ist Zeit für meine...«

Den Rest des Satzes hörte ich nicht mehr. Als er den Satz beendete, kam irgendein Apparat aus dem hinteren Teil seines Stuhles und senkte sich auf seine Schultern. Das Ding begann mit einer komplizierten Vor- und Zurückbewegung, massierte Nacken- und Schultermuskeln. Der Ausdruck auf Troxells Gesicht war dermaßen ungeschminkt ekstatisch, daß ich gehen mußte. Das gebot einfach der Anstand.

Vier Wochen später beging Eleanor Troxell Selbstmord. Es wurde getuschelt, daß sie bei der Gelegenheit auch ihren Mann Harvey gleich hatte mit umbringen wollen, da sie den Gashahn aufgedreht hatte: Doch Troxells Stuhl war es offenbar zu verdanken, daß sein Leben gerettet wurde. Nachdem das Gefahrenerkennungssystem das erste Warnsignal empfangen hatte, umgab der Stuhl Harvey mit einer Plexiglashülle und versorgte ihn mit Sauerstoff, bis schließlich Hilfe eintraf. Dank der Publicity, die diese Geschichte erhielt, wurden wahrscheinlich weitere zehntausend Stühle verkauft.

Ich schrieb Troxell ein kurzes Beileidsschreiben, und er antwortete mir. Er versicherte mir, daß es ihm gut ginge, daß sich der Stuhl und die *Chair Company* vollkommen um jedes seiner Bedürfnisse kümmern würden.

Eines Tages aß ich mit Ralph Seligman aus der Public-Relations-Abteilung zu Mittag, und irgendwie kamen wir auf das Thema Troxell. Ich sagte, daß ich ganz sicher nicht besonders viel von diesen verdammten Stühlen hielt. Seligman zog seine Augenbrauen hoch, und er sagte: »Wirklich? Sie sind der erste Bursche, den ich schlecht über die Dinger reden höre. Ich dachte, sie wären so was wie unantastbar, so wie Cadillacs und Rolls-Royces und Chris Crafts?«

»Wenn Sie gesehen hätten, was ich gesehen habe«, sagte ich, »dann würden Sie den Stuhl praktisch für so etwas wie eine Landplage halten.«

»Nun, das ist ein sehr interessanter Standpunkt«, sagte Seligman. »Warum schreiben Sie mir nicht einen kleinen Artikel für den *Blotter*?«

Der *Blotter* war die Hauszeitung der Firma, die Seligman herausgab. Seine Auflage belief sich lediglich auf dreitausend Exemplare in unseren vier Filialen, aber ich fühlte mich dennoch geschmeichelt.

»Okay«, sagte ich. »Klar, mache ich.«

Ich schrieb den Artikel, und er hatte die Überschrift: *»Der Stuhl: Segen oder nichts als Zeit- und Geldverschwendung?«* Ich muß gestehen, daß Seligman mir den Titel geliefert hat, er hat ein Händchen für solche Dinge. Der Artikel begann so:

Solange der Stuhl lediglich als Spielzeug für Reiche angesehen wurde, machte man sich kaum Gedanken über seine sozialen oder ökonomischen Konsequenzen für unsere Gesellschaft. Doch nachdem die Chair Company *nun durch die Erfolge ihrer Marketingstrategie und technischer Weiterentwicklungen den Preis des Stuhles in Reichweite der breiten Masse gerückt hat, muß schließlich die Frage aufgeworfen werden: Wird der Stuhl der Gesellschaft Energie und Initiative entziehen, indem er einige unserer begabtesten Individuen einem Leben in schierem Luxus opfert?*

Ganz ehrlich, ich hielt das für einen ziemlich guten Artikel, und ich wartete recht gespannt auf sein Erscheinen im *Blotter*. Als es dann soweit war, kam es zu einer überraschenden Reaktion von Seiten der Firmenleitung. Es scheint, daß verschiedene unserer leitenden Angestellten entweder selbst Stuhl-Besitzer waren oder aber in größerem Umfang in die *Chair Company* investiert hatten, und sie waren nicht besonders glücklich über den Artikel. Seligman wurde zur Minna gemacht, aber mich ließ man in Ruhe. Das heißt, bis ich eine Nachricht erhielt, mich telefonisch mit Mr. Kerslake in Verbindung zu setzen.

Zunächst brachte ich Kerslakes Interesse an meiner Person nicht mit dem Artikel im *Blotter* in Verbindung. Ich dachte, er hätte sich an meinen gemeinsamen Besuch mit Troxell in der *Company* erinnert und wollte jetzt versuchen, mir ebenfalls einen Stuhl zu verkaufen. Doch als er mich bat, in sein Büro zu kommen, sah ich unsere Firmenzeitung auf seinem Schreibtisch.

»Nehmen Sie Platz«, sagte er freundlich. »Wie geht es Ihrem Freund, Mr. Troxell?«

»Das wissen Sie wahrscheinlich besser als ich«, sagte ich. Irgendwie klangen meine Worte streitlustig, aber ich meinte es eigentlich nicht so. Kerslakes rosiges Gesicht wurde noch eine Nuance rosiger.

»Wir haben Ihren Artikel mit gewissem Interesse gelesen«, sagte er. »Die *Chair Company* ist immer an der öffentlichen Meinung interessiert, und ganz besonders wissen wir konstruktive Kritik zu schätzen.« Er lächelte. »Allerdings sind wir der Überzeugung, daß einige der Punkte, die Sie in Ihrem Artikel angeschnitten haben, das Produkt von Unwissenheit oder Falschinformation sind.«

»Okay«, sagte ich ein wenig empört, »vielleicht ist das ja so. Aber es ist ja auch nur eine kleine Firmenzeitung.«

»Ja, natürlich. Dennoch liegt uns daran, daß die Fakten korrekt wiedergegeben werden, Mr. Lundy, gleichgültig, wo auch immer sie erscheinen. Also, diese Behauptungen, die Sie bezüglich der Arbeit aufstellen, darüber, ob Stuhl-Besitzer noch Bereitschaft zeigen, sich ihren Lebensunterhalt zu verdienen oder eine berufliche Karriere zu verfolgen. Wir haben hier ein paar Zahlen...«

»Hören Sie, Mr. Kerslake, ich habe nie behauptet, daß ich Experte auf diesem Gebiet wäre...«

»Sie haben den Artikel doch geschrieben, oder nicht?« sagte er barsch. »Wollen Sie etwa abstreiten, daß Sie meinten, was Sie sagten?«

»Ich habe ihn geschrieben«, murrte ich, »aber das be-

deutet noch lange nicht, daß ich mir hier eine Gegen-
darstellung anhören muß, oder?«

Kerslake atmete schwer. »Sie könnten uns wohl zumindest die Höflichkeit erweisen...«

»Hören Sie, zufälligerweise habe ich heute morgen
einen recht wichtigen Termin, wenn es Ihnen daher nichts
ausmacht...«

Ich stand auf. Kerslake sprang ebenfalls von seinem
Stuhl auf, und seine Wangen leuchteten wie das Rot einer
Ampel.

»Mr. Lundy, bitte...«

Seine Augen trübten sich. Er atmete so scharf aus, als
wäre er von jemandem fest auf den Rücken geschlagen
worden, und dann versuchte er, die Luft wieder in seine
Lungen zu ziehen. Seine Farbe wechselte von Hochrot zu
Veilchenblau, und er taumelte gegen den Schreibtisch.

»Ist mit Ihnen alles in Ordnung?« sagte ich. »Fehlt
Ihnen etwas? Ist Ihnen nicht gut?«

Hätte der Schreibtisch seinen Sturz nicht aufgehalten,
wäre er mit dem Gesicht voran auf den Teppichboden
geknallt. Ich wußte, daß es irgendeine Art Anfall war, aber
ich hatte keine Ahnung, was ich dagegen unternehmen
sollte. Die schlichte Wahrheit war, daß ich mich schuldig
fühlte, als wäre die Wut, die ich in ihm erregt hatte, für das
hier verantwortlich. Ich beugte mich tief über ihn, hörte
sein gequältes, stoßweises Atmen, und ich rief nach Hilfe.
Niemand hörte mich, also ging ich zur Tür und brüllte
nach seiner Sekretärin. Sie war nicht da. Die ganze gottverdammte Etage schien leer und verlassen.

Ich stürmte den Korridor hinunter, stieß Türen auf und
fand nichts als leere Büros. Am Ende des Gangs befand
sich eine zweiflügelige Tür, die wahrscheinlich in eine Art

Konferenzzimmer führte, und als ich sie aufriß, sah ich, wo alle hingegangen waren. Eine Konferenz der leitenden Angestellten war im Gange, und jetzt drehten sich ein Dutzend Köpfe in meine Richtung, ein Dutzend Gesichter zeigten Überraschung und Bestürzung und eine weitere Gefühlsregung, die ich nicht die Zeit hatte, näher zu definieren.

»Tut mir leid«, sagte ich schnell, »ich brauche Hilfe, für Mr. Kerslake...«

Außer mir stand nur noch ein weiterer Mann in diesem Raum, und als wir uns ansahen, mußte sich sein verblüffter Ausdruck auf meinem eigenen Gesicht gespiegelt haben. Er wandte sich schnell ab, aber nicht schnell genug, um das nur für einen Sekundenbruchteil wahrgenommene Bild auszulöschen, das er in meinem Gehirn hinterließ, ein Bild, das sich unauslöschlich in den kollektiven Geist meiner Generation eingeprägt hatte. Ich war von diesem Bild so erschreckt, daß ich ihm unwillkürlich einen Namen zuwies.

»Houylins!«

Im Raum erhob sich, wie es mir vorkam, ein einziger wütender Aufschrei, und hinter mir wurde die Doppeltür von Leibwächtern zugeknallt, verriegelt und versperrt. Innerhalb von ein paar Sekunden hatte mein Gefühlsausbruch eine ruhige Konferenz in ein explosives Chaos verwandelt. Im nächsten Augenblick war der Mann, der am Kopfende des Tisches gestanden hatte, verschwunden, und ein stellvertretender Vorsizender, ein grauhaariger Unbekannter mit Brille, hatte seinen Platz eingenommen.

»Junger Mann«, sagte er ungehalten, »das hier ist eine nichtöffentliche Sitzung, und Sie haben keinerlei Recht...«

93

»Das war Houylins!« sagte ich, musterte die fleischigen finsteren Gesichter, die mich umgaben. »Um Himmels willen, haben Sie denn nicht gesehen, *wer* das war?«

»Sind Sie wahnsinnig?« sagte der Grauhaarige. »Dies ist ein Privatunternehmen, keine politische Organisation. Und wenn Sie uns jetzt nicht sagen, warum Sie hier sind, werden wir gezwungen sein...«

»Ihr Unternehmen ist mir scheißegal«, sagte ich wütend. »Dort draußen stirbt ein Mann. Ihr Mr. Kerslake hatte gerade einen Schlaganfall oder was weiß ich...«

»Kerslake?«

Er gab einen Befehl, und die Türen hinter mir wurden wieder geöffnet. Ein halbes Dutzend von ihnen stürmten auf den Korridor, trugen mich mit sich. Ich führte sie in Kerslakes Büro, und sie fanden ihn genau so vor, wie ich es ihnen gesagt hatte, zusammengesunken über dem Schreibtisch und kaum noch atmend, seine Haut die Farbe von Bimsstein, seine Augen verschleiert von einer Vision der nahenden Ewigkeit. Sie veranstalteten ein solches Theater um ihn, daß ich die Zeit für reif hielt, meinen Abgang zu machen. Unbemerkt schlüpfte ich aus dem Büro und ging den Korridor hinunter, bis ich schließlich die Feuertreppe fand. Ich ging einen Treppenabsatz nach unten und nahm dann eine Etage tiefer den Fahrstuhl. Es war eine Erleichterung, wieder auf der Straße zu sein.

An diesem Abend bat ich Seligman, mich auf einen Drink zu begleiten.

»Houylins?« sagte er leise lachend. »Das ist nicht Ihr erstes Glas heute, was, Stanley?«

»Ich weiß, daß es verrückt klingt«, räumte ich ein. »Er

soll schon lange tot sein, aber eine ganze Menge Leute glauben das nicht. Sie glauben vielmehr, daß er irgendwo in Südamerika lebt.«

»Aber auf einer Firmenkonferenz? Für einen Möchtegerndiktator doch wohl ein recht merkwürdiger Aufenthaltsort, oder?«

»Vielleicht nicht«, sagte ich. »Vielleicht ist es für einen Burschen wie ihn genau der richtige Ort. *Falls* er es war.«

»Wie meinen Sie das?«

»Houylins und seine Bande haben versucht, die Macht mit Atomwaffen an sich zu reißen, und versagt. Also versuchen sie es jetzt vielleicht auf andere Weise, Ralph, mit einer anderen Waffe. Der Stuhl.«

Seligman lachte. »Kommen Sie, Stanley, hören Sie auf mit dem Quatsch. Okay, dann hat der Stuhl eben ein paar reiche alte Knaben aus dem Verkehr gezogen. Glauben Sie denn wirklich, Houylins könnte uns alle auf Stühle pakken? Könnte uns alle mit Luxus und Verhätschelung in die Knie zwingen?«

»Und wieso denn nicht, Ralph, he? Gott allein weiß, wie viele Millionen Stühle sie jetzt schon verkauft haben. Gott allein weiß, wie viele sie noch verkaufen werden. Und wenn die Leute es sich erst mal in einem dieser Dinger bequem gemacht haben, wollen sie nie mehr aufstehen, für nichts auf der Welt...«

»Okay, okay«, meinte Seligman grinsend. »Was haben Sie vor, wollen Sie noch einen Artikel für den *Blotter* schreiben? Sorry, Kumpel, die Chefetage würde mich das nie drucken lassen.«

»Ja, ich werde *allerdings* einen Artikel schreiben. Allerdings für die ganze Öffentlichkeit, Ralph, genau das muß ich tun. Vielleicht liege ich ja schief, was diese Sache betrifft, vielleicht aber auch nicht. Und wenn ich mich nicht irre – wenn Houylins wirklich hinter dieser Sache steckt –, sollten wir dann nicht anfangen, die Menschen zu *warnen*?«

An diesem Abend arbeitete ich an dem Artikel. Am folgenden Morgen nahm ich den ersten Entwurf mit zur Arbeit, doch bevor ich Gelegenheit hatte, ihn Seligman zum Lesen zu geben, rief mich ein Mann namens Gildhampton von der *Chair Company* an.

»Mr. Lundy? Ich rufe im Auftrag von George Kerslake aus unserer Verkaufsabteilung an. Ich wollte Sie nur wissen lassen, wie dankbar Ihnen Mr. Kerslake für Ihre umgehende Hilfe neulich ist.«

»Wie geht es ihm?« sagte ich. »Mr. Kerslake?«

»Er wird wieder völlig in Ordnung kommen, dank Ihrer Initiative. Ich kann wirklich nicht mit Worten ausdrücken, wie dankbar die ganze Firma Ihnen ist. Mr. Kerslake ist nicht nur einer unserer besten Verkäufer, er ist außerdem auch noch einer der beliebtesten Mitarbeiter des Unternehmens.«

»Nun, ich freue mich, daß ich behilflich sein konnte«, sagte ich unbehaglich. »Aber ich habe wirklich nicht besonders viel getan.«

»Das sehen wir ganz anders, Mr. Lundy, und ich wollte Sie nur wissen lassen, daß wir Ihnen unsere Dankbarkeit innerhalb der nächsten Tage handfest zum Ausdruck bringen möchten.«

Ich gab Seligman den Artikel, aber ich erzählte ihm nichts von Gildhamptons Anruf. Er warf einen Blick auf meine krakelige Schrift und lachte. »Falls Sie ein Journalist werden wollen, Stanley, der einen Kreuzzug führt, werden Sie wirklich noch lernen müssen, wie man mit der Maschine schreibt.«

Am nächsten Tag erhielt ich einen Brief von der *Chair Company*. Er lautete:

Lieber Mr. Lundy,

In Anerkennung Ihres wertvollen Dienstes für die Chair Company *hat unser Präsident Mr. Richard Starkmyer die Eastern Sales Division autorisiert, Ihnen beiliegendes Zertifikat über unbegrenzten Kredit zu überreichen.*

Legen Sie dieses Zertifikat bei einem Büro der Chair Company *Ihrer Wahl vor, und es wird umgehend eingelöst. Dadurch sind Sie in der Lage, ein Basis-Modell des Stuhles sowie sämtliche Extras Ihrer Wahl ohne jede Berechnung eines Kaufpreises oder von Installations- und Wartungskosten zu erwerben.*

Es ist mir ein großes Vergnügen, Ihnen dieses Zeichen unserer Dankbarkeit und Hochachtung zu überreichen.

Hochachtungsvoll,
Martin Gildhampton, V.P.

Nun, es war eine ziemlich umwerfende Form, mir ihre Dankbarkeit zu zeigen, das mußte ich schon zugeben. Nachdem sich meine anfängliche Aufregung gelegt hatte, beschloß ich, daß es zweifellos irgendeine Art von Bestechung war, und genau das berichtete ich Seligman.

»Nun, das ist praktisch ein Schuldeingeständnis«, sagte ich. »Meinen Sie nicht auch, Ralph? Sie wissen, daß ich Houylins auf dieser Konferenz gesehen habe, und genau deshalb möchten sie mir einen Stuhl geben.«

»Ja, vielleicht«, sagte Seligman, wobei er ein amüsiertes Lächeln hinter zwei Fingern versteckte. »Ich sag Ihnen, was ich tun würde, Stanley. Ich würde ihre lausige Bestechung verschenken. Und nur, um Ihnen zu beweisen, was für ein Freund ich bin, melde ich mich freiwillig, um Ihnen dieses Zertifikat abzunehmen.«

»Oh, keine Sorge«, sagte ich. »Ich werde ihren verdammten Stuhl schon annehmen. Allerdings wird es bei mir nicht wie bei Troxell laufen, nicht bei mir. *Mein* Leben wird dieses Ding nicht beherrschen.«

»Was ist mit dem Artikel?« sagte Seligman. »Soll ich ihn weiter überarbeiten?«

»Warten wir damit noch ein paar Tage«, sagte ich. »Bis ich herausgefunden habe, was genau sie vorhaben.«

In der darauffolgenden Woche ging ich zu einer Stuhl-Anprobe. Es war eine außergewöhnlich simple Geschichte. Ich setzte mich einfach für ungefähr fünfzehn Minuten auf den elektronischen Schoß dieser Maschine, die sie da haben, während der Computer die intimsten Details meines Körperbaus aufzeichnete. Dann ging ich in die Zubehör-Abteilung und schaute mir an, was zur Zeit an Extras erhältlich war. Ich verzichtete auf das wirklich richtig dekadente Zeug wie den Rückenkratzer, die Maniküre, das Fußsohlen-Massagegerät, die automatische Toilette und ähnliches Zeug, entschied mich statt dessen für solch durchaus sinnvolle Dinge wie den Fernseher und die Stereoanlage und den Getränkeautomaten. Rein aus Protest wollte ich auch den *Food-o-Mat* ablehnen, sah gar nicht ein, mich wie ein hilfloser Säugling von irgendeiner Maschine füttern zu lassen. Doch dann wiesen sie auf die damit verbundenen finanziellen Einsparungen hin; denn immerhin, die *Chair Company* würde den *Food-o-Mat* ohne weitere Berechnung wieder nachfüllen, und falls ich je meinen Job aufgeben sollte (etwa drei Wochen nach Lieferung des Stuhles kündigte ich tatsächlich), würde kostenlose Verpflegung wirklich mächtig gelegen kommen. Zum Teufel auch. Nachdem ich zu dem *Food-o-Mat* ja sagte, kam es mir ziemlich albern vor, den übrigen Plunder abzulehnen, besonders wenn man berücksichtigte, daß ich absolut keinen Cent dafür bezahlen mußte. Okay, dann würde ich eben die Maniküre und den Rückenkratzer und das Fußsohlen-Massagegerät und solches Zeug vielleicht niemals benutzen, aber es war ja schließlich umsonst, oder? Jedenfalls, ich sitze jetzt seit ungefähr drei Monaten in meinem Stuhl, und meiner Meinung nach hat Kerslake mit seinem Verkaufsgerede noch weit untertrieben. Ich meine, ich hab natürlich auch früher schon meinen Komfort geliebt, aber ich hatte ja keine Ahnung, was Luxus wirklich bedeutet, bis ich in dieses Baby kletterte. Dein ganzer Körper schwebt in einer herrlich weichen Wiege von einer Wolke; jedes einzelne Gelenk findet einen Platz, um auszuruhen; jeder winzigste Muskel entspannt sich. Ja, Troxell hatte recht, es war dumm von mir, ihn auszulachen. Der Stuhl ist ein Lebensstil, daran besteht überhaupt kein Zweifel. Was hatte ich denn schon von all diesem Rumgerenne, immer auf der Jagd nach ein paar Kröten? War ich denn letzten Endes nicht ausschließlich auf Komfort und Bequemlichkeit aus, auf nichts anderes als das simple leibliche Wohl? Und war es nicht genau das, was ich jetzt hatte, jede einzelne Minute jeder einzelnen Stunde jedes einzelnen Tages? Ja, Troxell hatte recht und ich unrecht, und alles, was ich zu ihm gesagt hatte, basierte ausschließlich auf Unwissenheit und falsch verstandenem Stolz. Ein Stuhl ist nicht einfach nur ein bißchen Schaumgummi und ein paar Regler und Hebel und Schalter. Ein

Stuhl ist Güte, Zärtlichkeit, Aufmerksamkeit; ein Stuhl ist Selbstlosigkeit und Großzügigkeit; ein Stuhl ist Schutz und Zuflucht, und, ja, ein Stuhl ist noch etwas mehr. Troxell hatte es mir nie gesagt, und Gildhampton hatte es lediglich angedeutet, aber jetzt weiß ich, daß ein Stuhl noch ein bißchen mehr ist. Mein Stuhl, mein Stuhl. Mein allerliebster Stuhl.

Solo für eine Geige

Baumgarden und der Maestro waren schon miteinander befreundet, lange bevor sie sich auf einer Konzertbühne gegenüberstanden – Stuhl vor Podium. Jan Clausing war ein dynamischer Dreißiger gewesen, als sie sich 1917 in den Probesälen des Wiener Opernhauses kennengelernt hatten: Clausing war Fagottist und Baumgarden, damals wie heute, Geiger. Aber Clausing hatte sein Instrument aufgegeben, um Orchestrierung zu studieren; er hatte einen Sturm aus seiner musikalischen Karriere gemacht, während Baumgarden mit dem ruhigen Klima der Mittelmäßigkeit zufrieden war. Heute war Clausing ein Maestro, ein Dirigent, dreißig Jahre Erfahrung mit dem Taktstock hinter sich, und vor ihm, anonym im Regiment der Geigen, saß Carl Baumgarden.

Sie beide waren nun alte Männer. Baumgarden war 67, der Maestro 74. Doch Baumgarden hatte sich schon lange der Erschöpfung seines Alters gefügt, während der Maestro sie heftig verleugnete. Wieder und wieder hatten die Direktoren des Civic Orchestra auf seine Pensionierung angespielt, und der alte Clausing schüttelte nur wie ein alter Löwe seine Mähne, hatte bei der geringsten Anspielung auf sein Nachlassen getobt und gezetert. Doch der Beweis war offensichtlich: Das Orchester, früher eine kraftvolle einzelne Stimme, wirkte jetzt müde, stümperhaft und chaotisch. Baumgarden wußte es, selbst tief in seinem anonymen Bett aus Geigen, aber er hatte einen besonderen Grund, niemals auch nur die leiseste

Kritik an der schwindenden Fähigkeit des Maestros zu äußern.

Baumgardens Frau erfuhr von diesem besonderen Grund erst an dem Tag, als er von einer Nachmittagsprobe mit niedergeschlagener Miene und matten Schritten nach Hause kam. Sie flatterte um ihn herum wie eine aufgescheuchte Gans und fragte, ob er krank sei; er schüttelte nur müde seinen Kopf und setzte sich an den Küchentisch.

»Ich bin nicht krank«, sagte er ruhig. »Wenigstens nicht so, wie du denkst, Rachel.«

»Aber was hast du dann? Was ist heute passiert?«

Er wuchtete den Geigenkasten auf seinen Schoß und streichelte abwesend dessen rauhe Oberfläche. »Was passiert ist, mußte früher oder später einfach so kommen«, sagte er resigniert. »Schon seit einem Jahr beklagen sich die Direktoren über das Orchester, und wer könnte ihnen daraus einen Vorwurf machen? Gegen den Maestro können sie nichts tun. Daher sagen sie jetzt, vielleicht kann man ja bei den Musikern ansetzen. Vielleicht ist es langsam höchste Zeit herauszufinden, wo sich die Schlechten verstecken.«

»Was heißt das?« fragte Rachel ängstlich. »Sie wollen dich doch wohl nicht vor die Tür setzen, Carl?«

»Noch nicht, noch nicht«, erwiderte Baumgarden seufzend. »Aber es läuft auf dasselbe hinaus. Sie haben dem Maestro gesagt, er sollte jedes einzelne Orchestermitglied zu einem Solovorspiel zu sich bestellen, damit morgen früh anfangen. Und die Saiteninstrumente stehen auf seiner Liste ganz oben. Morgen oder übermorgen werde ich für Clausing spielen und mich von ihm beurteilen lassen müssen.« Er spreizte seine Hände. »Damit wäre ich also am Ende angelangt«, sagte er trocken. »Nach so vielen Jahren, am Ende.«

»Wieso am Ende? Warum? Bist du denn nicht genauso gut wie all die anderen? Vielleicht sogar noch besser?«

»Rachel«, sagte er traurig, »mit wem sprichst du?«

»Mit dir, mit dir natürlich! Warum sagst du so etwas?«

»Weil ich meine Hände kenne. Ich halte sie immer in den Taschen, damit niemand sieht, wie sie zittern. Wie oft hörst du mich noch zu Hause musizieren?«

»Aber warum solltest du hier auch spielen?« sagte sie abwehrend. »Du spielst doch den ganzen Tag. Nimmt ein Zahnarzt vielleicht seinen Bohrer mit nach Hause?«

Baumgardens Hände blieben still auf dem Geigenkasten liegen, und die Finger zitterten. Seine Frau schaute fort, wollte die Wahrheit nicht sehen. Dann öffnete er langsam das Schloß des Kastens und nahm sein Instrument heraus.

»Rachel«, sagte er, »für dich ein privates Solo. Hör gut zu, und ich zeige dir, wie ich das letzte Jahr über gespielt habe.«

Er stellte den Geigenkasten auf den Boden und klemmte die Geige unter sein Kinn. Die Finger seiner linken Hand schlossen sich in einer festen, liebevollen Umarmung um den Hals, und er setzte den Bogen an. Dann strich er zärtlich über die Saiten, und seine Finger bewegten sich in dem vertrauten Muster einer Melodie. Der Bogen tanzte, sein Kopf nickte, seine Augen leuchteten inbrünstig.

Und da war nichts als Stille.

Baumgarden hörte auf und nahm das Instrument von seinem Kinn. Er sah Rachel an und wartete.

»Was ist?« sagte sie verwirrt. »Ich verstehe nicht, Carl. Ich habe nichts gehört. Keinen Ton!«

»Keinen Ton«, sagte er traurig. »Keinen Ton, Rachel.

Du hast gerade meinen Beitrag zum Civic Orchestra für inzwischen ein ganzes Jahr gehört. Die Gesten, die Bewegungen, mehr nicht. Dreißig Geiger, aber nur neunundzwanzig von ihnen spielen wirklich. Dein Carl, dein Virtuose, er macht gar nichts.«

Baumgarden zupfte an dem lockeren Bogen, an den schlaffen Saiten seines Instruments. Dann legte er es in den Kasten zurück.

»Aber warum, Carl? Warum?« Tränen standen in Rachels Augen.

»Weil das, was ich an Können einmal hatte, einfach nicht mehr da ist. Meine Finger zittern, mein Klang ist leer. Mit meinen schlechten Augen kann ich kaum noch einer Partitur folgen. Wenn ich gespielt hätte, wären sie mir schon vor langer Zeit auf die Schliche gekommen. Wie die Dinge im Moment liegen, wissen sie nichts. Bis zu diesem Vorspielen . . .«

Rachels Lippen bewegten sich, suchten nach tröstenden Worten. Selbst wenn sie sie gefunden hätte, würden sie doch kaum geholfen haben. Baumgarden erhob sich, stand mehr vor Kummer denn vor Alter gebückt da, und schlurfte ins Schlafzimmer hinüber. Auf dem Küchenherd wurde ein gußeiserner Topf mit Hühnersuppe kalt.

Bresack, der Erste Geiger, teilte Baumgarden seinen Termin für den folgenden Tag mit. Donnerstagmorgen um elf Uhr sollte er im Büro des Maestro im Civic Center zum Vorspielen erscheinen. Baumgarden nahm die Nachricht mit stoischer Gelassenheit entgegen und beschloß, vor dem Termin zum Maestro zu gehen, um ihm seine Kündigung auszusprechen. Aber Clausing war zu beschäftigt, um ihn zu empfangen. Einer nach dem anderen wurden die Musiker des Civic Symphony gehört und beurteilt. Diejenigen, die vor ihm dran waren, sagten, die Sitzungen wären herzlich und kurz gewesen; man war allgemein der Meinung, daß Clausing niemanden entlassen würde, sondern lediglich seine Pflicht erfüllte, um die Besorgnis der Direktoren zu zerstreuen. Aber Baumgarden kannte seinen Maestro; der alte Mann war viel zu ehrlich; ein schlechter Musiker war ein schlechter Musiker, und nicht einmal eine vierzigjährige Freundschaft würde auch nur eine falsche Note, eine sinnlose Pause, einen einzigen kratzenden Ton entschuldigen.

Donnerstagmorgen wachte Baumgarden aus einem unruhigen Schlaf auf, ging mit seiner Geige ins Bad und gab sich mit gespannten und gestimmten Saiten noch im Schlafzimmer einen Vortrag. Das Ergebnis war genauso niederschmetternd, wie er erwartet hatte, und seine unglücklichen Seufzer ließen den Badezimmerspiegel beschlagen und so gnädigerweise seinen schmerzerfüllten Ausdruck verhüllen.

Er zog sich an, lehnte Rachels eindringliche Bitte, doch zu frühstücken, ab und machte sich auf den Weg zum Konzertsaal.

Auf der Bank vor Clausings Büro warteten bereits drei Geiger. Alle drei wurden vor Baumgarden hineingerufen, doch durch die dicke, schallisolierte Tür konnte er auch nicht eine Note ihres Spiels hören. Als sie wieder herauskamen, wirkten sie erleichtert. Der letzte klopfte Baumgarden auf die Schulter und zwinkerte ihm zu. Er verstand die Geste nicht als Aufmunterung, sondern als Beileid.

Und dann war er an der Reihe. Er nahm seinen Geigenkasten in die Hand und betrat den Raum.

Der Maestro saß hinter seinem Schreibtisch, machte sich auf einem Blatt Papier eifrig irgendwelche Notizen. Die schneeweiße Mähne wippte auf und ab. Bevor er aufschaute, hatte er Baumgardens Anwesenheit nicht bemerkt; dann verzogen sich die Falten des alten Gesichts zu einem freundlichen Lächeln.

»Mein lieber Freund«, sagte Clausing. »Setzen Sie sich, setzen Sie sich.« Er deutete auf den hölzernen Stuhl vor sich. »Es wird nicht länger als einen Augenblick dauern. Spielen Sie mir etwas von Schumann, spielen Sie, was immer Sie möchten.«

Baumgarden setzte sich langsam hin und nahm seine Violine aus ihrem Kasten. »Maestro«, sagte er, räusperte sich, »da ist etwas, was ich Ihnen erklären muß...«

»Keine Aufregung, mein Freund. Ich kenne Ihre Arbeit«, sagte Clausing, lehnte sich zurück und faltete seine Hände vor der Brust. »Sie haben nichts zu befürchten. Spielen Sie, wie Sie jeden Tag für mich spielen.«

Baumgardens Lächeln war melancholisch. »In Ordnung, Maestro. Ich werde Ihnen zeigen, wie ich für Sie gespielt habe.«

Er klemmte sich die Geige unter das Kinn und zog den Bogen über die schlaffen Saiten. Seine Finger bewegten sich liebkosend über den Hals, folgten dem Muster des Konzerts mit einer Gewandtheit, die ihm nicht möglich gewesen wäre, wäre die Musik zu hören gewesen. Der Bogen schoß hinauf, stieß herab, in stummer Nachahmung des Virtuosen; als Pantomime war es brillant. Baumgardens Augen schlossen sich in gespielter Verzückung, sein Fuß klopfte den Takt auf den nackten Fußboden. Mit einem letzten Hagel ungehörter Pizzicati beendete er das Stück und senkte das Instrument. Die Tränen, die seine

Augen gefüllt hatten, liefen jetzt voller Trauer und Beschämung über seine Wangen.

»So, Maestro«, sagte er. »Jetzt wissen Sie es. So habe ich in Ihrem Orchester gespielt. Abend für Abend.«

Clausing sah ihn an und rieb sein Kinn.

Dann führte er seine Hände zusammen und applaudierte.

»Bravo, Carl«, sagte er ruhig. »Das war gut. Sie sind fähig wie immer, mein alter Freund.«

Er beugte sich über seinen Schreibtisch, entließ Baumgarden mit einer beiläufigen Handbewegung und begann wieder auf seinen Unterlagen zu kritzeln. Baumgarden stand auf, wartete auf ein weiteres Wort, das jedoch nicht kam. »Maestro«, sagte er, seine Lippen so lautlos wie seine Geige. »Maestro, ich verstehe nicht...«

Clausing schaute auf, die Augenbrauen fragend zusammengezogen. »Nun, worauf warten Sie noch, Carl? Ich sagte doch, Sie waren gut. Gehen Sie nach Hause und ruhen Sie sich aus. Und vergessen Sie die morgige Probe nicht. Und, Carl...« Er lächelte wieder. »Grüßen Sie Ihre Frau recht herzlich von mir, und sagen Sie ihr, sie soll mich irgendwann einmal wieder zum Essen einladen. Niemand macht eine Hühnersuppe wie Rachel.«

Baumgarden ging zur Tür, ein Mann in einem Traum. Er drehte sich nur einmal um, sah seinen Freund mit neuem Verständnis an, den Maestro, der sich über seinen Schreibtisch beugte, mit arthritischen Fingern schrieb, mit schlechten Augen auf das Papier starrte: Entschlossen, trotzig und taub.

Der große Lacher

Der hatte es. Der Volltreffer. Der große Lacher. Hör dir nur an, wie die Leute sich schütteln! Das ganze Publikum war wie ein einziger, großer lachender Mund. Es klang so gut, so wunderbar, daß Larry Gates darum kämpfte, innerhalb der dunkelroten Ränder seines Traumes zu bleiben. Er zog das Laken über seinen Kopf, versuchte, es festzuhalten, versuchte das Lachen nicht aufhören zu lassen. Aber es hatte keinen Sinn. Mit einem verrückten, schlafverzerrten Grinsen auf seinem dunklen kleinen Pflaumengesicht wachte er auf und versuchte sich an die Pointe zu erinnern. Wie war sie noch gleich? Was hatte sie so zum Lachen gebracht? Wie ging der große Lacher noch gleich?

Er konnte sich nicht mehr erinnern. Er setzte sich auf die Bettkante, wobei seine kurzen Beine so gerade eben den abgewetzten Baumwollteppich berührten, und stöhnte unter der Anstrengung laut auf, die sein Gehirn vollbrachte. Dann, die Augen klebten noch zusammen, stolperte er ins Bad. Er spritzte sich Wasser ins Gesicht, bis das gummiartige Zeug sich endlich aufgelöst hatte und er sich im Spiegel sehen konnte.

Er rasierte sich, sah aber immer noch unrasiert aus. Er zog einen Kamm durch sein glattes Haar, und es sah immer noch ungebändigt aus. Er duschte, doch immer noch nicht erfrischt trat er wieder aus der Kabine.

In seinem besten blauen Anzug, mit einer breit geknoteten Nadelstreifen-Krawatte, einem konservativen Hemd und polierten Spangenschuhen sah er gar nicht mal so übel aus. Sah nicht mehr ganz so hungrig aus. Seine feuchten Augen sahen nicht mehr ganz so panisch aus. Er war immer noch ein Jemand. Er war immer noch Larry Gates.

Wenn er sich nur an die Pointe erinnern könnte!

Als er seine möblierte Wohnung an der *East 39th* verließ, hatte er seinen guten italienischen Diplomatenkoffer dabei, dessen solider Griff die beruhigende Wirkung eines Spazierstocks hatte. In dem Koffer selbst befand sich nicht besonders viel. Ein verschmierter Durchschlag des Manuskripts, das er vor fast zwölf Jahren Hope verkauft hatte. Ein vergilbter Ausschnitt aus der Radio-Kolumne des *Daily Mirror*, in der ein Sketch gelobt wurde, den er Ende der vierziger Jahre geschrieben hatte. Fotokopien verschiedener Briefe von Red Skelton und Edgar Bergen und zwei oder drei weiteren Koryphäen der Komikerbranche. Er hatte auch ein paar neue Sachen dabei, ganz ordentliche Witze. Ja sogar das Exposé für eine Familien-Situationskomödie. Da ist dieser Ehemann, weißt du, und der vergißt dauernd seinen Hochzeitstag...

Larry rief sich ein Taxi, bevor ihm noch richtig bewußt wurde, was er da machte. Er versuchte sich mit ein paar Witzeleien herauszureden, als das grün-gelbe Taxi mit quietschenden Reifen vor ihm am Bordstein hielt. »Hab nur meinen Hund gerufen«, sagte er grinsend. Der Fahrer runzelte seine Stirn und wollte schon wieder anfahren, als Larry mit seinen schmalen Schultern zuckte und in den Fond stieg. Zum Teufel auch, dachte er. Wer braucht schon ein Mittagessen?

»Radio City«, sagte er. »Achte Etage.«

Unerschütterlich, ohne ein Lächeln, steuerte der Fahrer das Taxi über die Kreuzung, und Larry Gates ließ sich in die Polster zurücksinken und kaute auf seinen trockenen Lippen. Heute gab es keine Witze mehr wie früher. Die Menschen wurden hart. Es lag an den Umständen; es gab einfach zuviel Fernsehen. Es war einfach sein beschissenes Pech.

Dann kamen die Sorgen. Er schob eine Hand in seine Jacke und kramte seine Brieftasche heraus. Zwei Bucks. Er wühlte in seinen Seitentaschen. Vierzig Cents. Er fühlte sich gleich wieder besser, als er den blauen Rand der Einladung sah, die aus der Brieftasche herausragte. Es war eine Einladung in Jackie Ransoms Haus in Connecticut. Das war so gut wie Gold, pures Gold.

Larry schloß seine Augen und sah die ganze Sache wie auf einem Fernsehbildschirm, ein wenig verschwommen und unscharf, aber erkennbar. Er war auf der Party. Ein Haufen Komiker, Top-Autoren, und alle standen sie um die Bowle. Nein, das war nicht richtig. Sie waren draußen, genossen die warme Sommernacht, saßen auf Gartensesseln um Ransoms Pool, der Klang ihrer Stimmen wehte über das schimmernde Wasser. Und Ransom war da, kleiner Bursche, großspurig, ein großer neuer Fernsehkomiker vielleicht, aber im Grunde nur ein Schmutzige-Witze-Erzähler aus den Catskills, der in die große Welt verpflanzt worden war. Und Larry Gates. Wo war Larry Gates? Am Rand, saß schweigend da, ein amüsiertes kleines Lächeln spielte um seine Mundwinkel. Und dann drehen sich alle in seine Richtung, und irgendwer sagt irgendwas, und Larry sagt ... Larry sagt ... Was soll's? Er sagt es! Und dann brechen sie zusammen! Sie brüllen los! Und nicht einfach nur ein normaler Lacher. Ein richtig großer Lacher! Ein Knüller! Sieh nur, sieh nur, sogar Miesepeter Brotzman, sogar der hält sich die Seiten. Und sieh sich einer nur mal Jackie Ransom an. Er stirbt. Er stirbt einfach! Hat in seinem ganzen Leben noch nie so was Komisches gehört! He, Larry, hast du nicht mal was für Bob Hope geschrieben? He, wieso sitzt du da hinten? Was bist du, ungesellig oder was! He, *Larry Gates!*

Er riß seine Augen auf, als der Fahrer auf die Bremse trat. Als er bezahlte, gab er dem Mann einen Buck und einen Quarter, vierzig Cents mehr als auf dem Taxameter stand. »Für dich, Kumpel«, sagte er. »Kauf dir ein eigenes Taxi.« Der Fahrer kicherte ein bißchen, aber die Wunde heilte es nicht. Seine Lacher konnte man sich nicht kaufen, nicht in dieser Branche.

Im Inneren des Gebäudes schlugen seine Absätze auf dem Weg zum Fahrstuhl hart auf den Marmorboden, die stählernen Halbmonde unter den Absätzen seiner Schuhe klackerten laut. Hinter dem alten Fritz, bester Freund und schärfster Kritiker aller Fernsehwitzbolde, betrat er den Fahrstuhl und sagte: »Wie ist das Wetter da oben?« Der alte Fritz grunzte nur.

Auf der achten Etage schaute Fran hinter ihrem Rezeptionsschreibtisch auf und lächelte ihn an. »Guten Morgen, Mr. Gates.«

»Hallo, Süße. Hab eine Verabredung mit Herb. Kannst du ihm kurz Bescheid sagen?«

»Sicher.« Sie schenkte ihm ein blendendes Lächeln und nahm mit soviel Feingefühl den Hörer ab, als wäre er ein Hühnchenknochen. »Mr. Winnet, bitte ... Mr. Winnet? Larry Gates ist hier und möchte Sie sprechen.« Zu Larry: »Sie können direkt reingehen, Mr. Gates.«

»Danke, Süße. He, hast du schon den von dem Texaner gehört, der ein Gemälde von Custers Letztem Gefecht haben wollte und ...«

»Ja, ist der nicht zum Schreien? Mr. Brotzman hat ihn mir erst gestern erzählt.«

»Oh.« Larry wackelte mit seinem Diplomatenkoffer. Gestern. Das bedeutete, Brotzman mischte wieder mit, versuchte, einen Autorenvertrag zu bekommen. Irgendwie kümmerte Larry das nicht weiter. Er fühlte sich, als hätte er bereits auf irgendeine unbestimmte Weise über Brotzman triumphiert. Dann erinnerte er sich, daß es nur sein Tagtraum in dem Taxi gewesen war, und er fühlte sich niedergeschlagen. Er drehte sich um und ging den langen Korridor zum Büro des Fernsehproduzenten hinunter.

»Hallo, mein Junge«, sagte Winnet, der herauskam, um ihm die Hand zu schütteln. »Setz dich, bin sofort wieder bei dir.« Und schon war er verschwunden, und Larry setzte sich auf den Ledersessel vor dem Fenster. Er nahm die *Variety* aus Winnets Ausgangskorb und blätterte zu dem Radio-Teil um. Dort stand in einem Kasten eine Story über Jackie Ransoms neue Show. Er verschlang den Artikel begierig, doch nirgendwo stand etwas davon, daß Autoren engagiert werden sollten.

Als der Produzent zurückkehrte, sagte Larry: »Brotzman hat dir schon die Custer-Geschichte erzählt, Herb?«

Winnet lachte vergnügt. »J-ja. Toller Gag. Und, wie steht die Schlacht, Larry? Wollte dich schon zum Mittagessen einladen, aber diese neue Ransom-Show hat uns ziemlich in Trab gehalten.«

»Hm. Wie soll die Sendung denn im einzelnen aussehen?«

»Noch ist nichts endgültig entschieden, ein bißchen von allem vielleicht. Ransom will sich in keine Schublade einordnen lassen. Macht wahrscheinlich ein paar Sketche, ein bißchen Situationskomik. Dieses Schnellfeuer-Zeug war besser fürs Radio geeignet...«

Es war wie ein Schlag auf die Nase, ein ganz persönlicher Schlag auf die Nase. Larry sammelte sich schnell wieder und sagte: »Klar, ich verstehe, was du meinst. Ich habe mich selbst in dieser Richtung weiterentwickelt. Also, eigentlich hab ich eine ziemlich gute Familien-Show zusammengestellt. Da ist dieser Ehemann, weißt du, und der vergißt dauernd seinen Hochzeitstag...«

»'tschuldige mal kurz«, sagte Winnet und nahm den Hörer ab. Er redete ungefähr zwei Minuten mit einem anderen leitenden Angestellten über irgend etwas Unverständliches. Als er fertig war, faltete er seine Hände auf der Schreibtischunterlage. »So, um was geht's, Larry? Was kann ich für dich tun?«

Larrys Lippen wurden trocken. »Tjaaa, weißt du, Herb. Ich hab gehört, daß du Material suchst, vielleicht sogar neue Leute. Wollte nur mal hören, was gebacken ist.«

»Oh«, sagte Winnet. »Ich will dir die Wahrheit sagen, Larry, wir hatten so viel mit Vertragsvereinbarungen, Sponsoren, Bestätigungen, solchem Zeug eben, zu tun. Da haben wir nicht besonders viel über Autoren nachgedacht. Aber wenn wir soweit sind...« Er spreizte seine Hände.

»Gut. Schön. Mehr wollte ich auch gar nicht wissen, Herb. Nett von dir, daß du dir Zeit für mich genommen hast.«

»War mir ein Vergnügen. Und, wie geht's dir selbst, Larry? Was macht die Gesundheit? Hast du diese Geschichte richtig auskuriert?«

»Wer, ich? Absolut. Ich trinke sogar wieder. Sag mal, gehst du heute abend auf Ransoms Party, Herb?«

»Ja, du auch?« Sah er vielleicht überrascht aus? »Tja, klasse, Larry. Dann seh'n wir uns ja noch.«

Larry verließ das Büro, fühlte sich weder besonders gut

noch besonders schlecht. Genau so fühlte er sich nach diesen Gesprächen immer. Als er den langen, mit Linoleum ausgelegten Flur hinunterging, war es, als würde er den langen, breiten Sims eines hohen Gebäudes entlangwandern. So fühlte es sich wenigstens an: In unsicherer Höhe, aber einen soliden Sims unter den Füßen. Er mußte nur vorsichtig sein.

Er kam an einer Tür vorbei und hörte das donnernde Lachen eines Mannes und fragte sich, wer diesen Lacher verursacht hatte. Im Vorzimmer lächelte Fran ihn an, und er versuchte eine gute Geschichte zu finden, mit der er sich von ihr verabschieden könnte. Die mit den beiden Psychiatern sprang ihm in den Kopf, gerade als die Fahrstuhltür aufglitt. Er dachte kurz daran, dem alten Fritz die Geschichte zu erzählen, aber im Fahrstuhl befand sich noch ein langweilig aussehender Bursche, der die Pointe wahrscheinlich nicht besonders gut finden würde.

Er überquerte die Straße zu der Rollschuhbahn und beobachtete, wie die Fahnen in der leichten Brise flatterten. Er schaute auf seine Uhr. Es war halb zwölf. Das bedeutete, es war fast zwölf. Er dachte kurz daran, zum Mittagessen zu *Russo's* zu gehen, erinnerte sich dann jedoch an seine fehlenden Mittel. Allerdings, es gab immer jemanden bei *Russo's*, den er kannte.

Im Restaurant blieb er einen Moment in der Tür stehen und reckte seinen Hals, als suchte er jemanden, mit dem er sich zum Lunch verabredet hatte. An der Theke standen zwei Männer, beides Fremde. Larry überschlug es schnell im Kopf: Ein Buck und ein Quarter von zweivierzig bedeuteten, ihm blieben noch ein Dollar fünfzehn. Ein Sandwich und ein Bier konnte er sich also noch leisten. Oder er konnte alles für einen *Rob Roy* verpulvern und beten, daß ein freundliches Gesicht aufkreuzte. Er entschied sich für letzteres.

»Einen Rob Roy«, sagte er zu dem Barkeeper. Er kannte den Mann nicht. »Wo steckt Angelo denn heute?«

»Der ist krank.«

»Ach, ja? Ist wahrscheinlich auf einem Meeting der AA.«

Der Barkeeper lachte nicht. Er mixte den Drink und schob ihn rüber, verschüttete dabei etwas auf die Theke und wischte mit einem Lappen auf. »Drück's hier aus«, sagte Larry, streckte dann seine Zunge raus. Der Barkeeper verzog keine Miene. Larry nahm seinen Drink und nippte kurz daran. Was hatten heute nur alle?

Zehn Minuten später kam ein ganzer Trupp von ihnen rein, einschließlich Brotzman und Horner. Larry winkte ihnen zu.

»He, Männer«, sagte er.

Brotzman blinzelte, als würde er ihn kaum erkennen. »Hallo, Larry. Ich dachte, du würdest mit einem Magengeschwür im Bett liegen?« Seine Stimme war genauso säuerlich wie sein Gesicht.

»Nicht mehr«, sagte Larry lächelnd. »Darf ich euch Jungs einen Drink spendieren?« Er biß sich auf die Zunge. Horner sagte: »Lehne niemals ein gutes Angebot ab«, und rutschte auf einen Barhocker. Horner war ein junger Bursche, noch keine dreißig, aber trotzdem verdiente er bereits ein fünfstelliges Einkommen als festangestellter Komiker des Networks.

Der neue Barkeeper brachte ihnen ihre Drinks. Larry erzählte ihnen von seinem Besuch bei Winnet, ließ es so klingen, als stünden die Aussichten gut. Brotzman hörte schweigend, bekümmert zu, als würde er vom Tod eines gemeinsamen Freundes hören. Dann sagte Horner: »Das ist komisch. Ich dachte, die hätten die Ransom-Leute bereits fest verpflichtet.«

Larry blinzelte. »Nein. Sie sind immer noch mit den Verträgen beschäftigt.«

»Doppelzüngiges Gerede. Laß dir von denen nichts vormachen, Larry. Was sagst du dazu, Lou?« Horner stieß Brotzman an. »Sie haben doch mit dir einen Vertrag gemacht, oder nicht?«

»Alles nur Gerede.«

Sie schwiegen, und dann erzählte Larry ihnen den Witz von den beiden Psychiatern. Brotzman lachte nicht, nickte nur anerkennend. Horner stieß ein kurzes, knappes Lachen aus, nicht direkt einen richtigen Lacher. Dann sprachen sie über Jackie Ransoms Party am kommenden Abend. Als sie die Gläser geleert hatten, griff Larry nach seiner Brieftasche.

»Tja, was weiß man schon! Sieht aus, als wäre Georgie der einzige, der dort schläft.«

Horner sagte: »Ich übernehme das.«

»Nein, warte, laß mich das erledigen.«

»Vergiß es.«

Horner bezahlte vergnügt die Rechnung. Larry sah Brotzman an, dessen melancholisches Gesicht völlig ausdruckslos war.

»Danke«, sagte Larry. »Ich mach's heute abend wieder gut, Dick.«

»Klar«, sagte Horner.

Wieder draußen auf der Straße, immer noch im Besitz seines Dollars und fünfzehn Cents, atmete Larry erleichtert aus und ging schnell Richtung Sixth Avenue, zu den billigen Eßlokalen und Cafeterien. Er betrat eines der kleinen

Lokale und bestellte sich eine Suppe, ein Kalbskotelett, Kaffee und einen Doughnut. Die Rechnung belief sich auf fünfundachtzig Cents. Fünfzehn Cents schob er unter die Kaffeetasse und sagte zu dem Mann hinter der Theke: »Hier, für dich, kauf dir ein Alka Seltzer.«

Von dem verbleibenden Nickel und Dime kaufte er sich eine U-Bahn-Fahrkarte, suchte sich einen Platz und dachte über Horners Bemerkung nach. Es konnte nicht stimmen. Er dachte ja nicht daran zu glauben, daß es stimmte.

Er hörte auf, sich Gedanken zu machen und schloß die Augen. Wieder sah er vor seinem geistigen Auge die Szene an Ransoms Pool, die Jungs auf Gartensesseln sitzend, den Weg des Mondes über das Wasser des Pools, das gedämpfte Lachen, die Pointen, und dann, der große Lacher, *sein* großer Lacher...

Um halb drei war Larry wieder zu Hause. Er klopfte an die Tür von Janets Wohnung, doch niemand machte auf. Er ging nach oben, ließ sich vor dem Fernseher in einen Ohrensessel fallen und sah sich einen alten Kriegsfilm an. Gegen vier ging er wieder die Treppe hinunter.

Janet kam zur Tür. Sie war Grundschullehrerin, immer noch jung, aber hausbacken und in Gegenwart von Männern eher schüchtern. Sie bat ihn herein, und sie plauderten über dieses und jenes, bis er schließlich den Namen Jackie Ransom fallenließ und die Party erwähnte, zu der er an diesem Abend gehen würde.

»Ich finde ihn ziemlich widerlich«, sagte Janet.

»Ja, er ist ein Dreckschwein«, stimmte Larry zu.

»Er hat ein schmutziges Mundwerk. Du wirst doch wohl nicht für ihn schreiben, oder, Larry?«

»Tja, also, ehrlich gesagt, ich denke darüber nach. Heute abend werde ich mehr wissen, auf der Party.«

Sie rümpfte die Nase. »Er sieht sogar schmutzig aus. Wie ein kleiner schleimiger Hund oder so.«

»Sag mal, Janet, ich frage mich, ob du wohl einen Fünf-Dollar-Schein hast? Ich hab leider nur zwei Zwanziger, und ich rechne heute nachmittag mit der Wäsche.«

»Klar, ich denke schon.«

Als er den Schein in der Hand hatte, fühlte er sich verpflichtet, sie irgendwie zu belohnen. Er erzählte ihr den Witz über die beiden Psychiater, machte die Pointe ein wenig stubenreiner. Doch sie schien den schlüpfrigen Charakter des Witzes zu erkennen und lächelte nur matt.

Um sieben Uhr rasierte er sich wieder und sah immer noch unrasiert aus. Er wechselte Hemd und Krawatte. Um halb acht verließ er sein Zimmer und nahm den Bus zum Bahnhof. Er kaufte sich nur eine Einfachfahrkarte nach Connecticut. Man konnte ja nie wissen; vielleicht nahm ihn irgendwer mit zurück.

Am Bahnhof hatte er dann Glück. Ein paar Typen, die er flüchtig kannte, nahmen ein Taxi zum Ransom-Anwesen, und er fuhr gratis mit. In und um das weitläufige Haus des Komikers brannte Licht, leuchtete aus den Fenstern und führte hinter das Haus, wo sich die Terrasse und der Pool befanden. Es gab eine Bar im Freien, hinter der zwei Angestellte Drinks mixten. Es gab eine fünfköpfige Jazz-band, die leise und cool spielte. Als er dort eintraf, befan-den sich etwa fünfzehn Leute auf der Terrasse. Die Luft war sanft. Larry Gates fühlte sich ebenfalls sanft, die Ent-täuschung des Tages wurde verjagt durch die seidige Nacht.

Er schaute sich nach jemandem um, den er vielleicht kannte, dann schlenderte er auf einen *Rob Roy* an die Bar. Nach dem ersten wurde ihm ein wenig schwindelig, was ihn daran erinnerte, daß er nicht zu Abend gegessen hatte. Er genehmigte sich noch einen und ging langsam Richtung Swimmingpool. Er baute sich an dessen Rand auf und schaute hinüber. Der Pool war leer, und die steinernen Seitenwände steil. Dieser Anblick deprimierte ihn ein wenig; das war eine Abweichung von der Vision, die er an diesem Morgen im Taxi heraufbeschworen hatte, der glitzernde Mond auf der Wasseroberfläche...

»Nicht springen«, sagte eine Stimme hinter ihm. Er drehte sich um und sah einen grinsenden Horner, der in seinem Smoking schneidig und jung aussah. »Schätze, Ransom will heute abend keine Albernheiten. Hat den Pool ablaufen lassen. Schon lange hier, Larry?«

»Nein, eben erst gekommen. Sind Sie mit Brotzman hier?«

»Er ist an der Bar. Irgendwo schon was von Ransom zu sehen, oder wartet er für seinen großen Auftritt auf den richtigen Augenblick?«

»Keine Ahnung. Sagen Sie, Dick, stimmte das, was Sie mir gesagt haben? Daß Winnet einen Vertrag mit Brotzman gemacht hat?«

»Ich denke schon, aber Sie kennen ja Lou. Sagt nicht gerne was, bevor er den ersten Scheck in der Tasche hat. Hat Winnet Ihnen irgendwas Definitives gesagt?«

»Nein«, erwiderte Larry. »Aber ich habe da ein paar Ideen. Sagen Sie, haben Sie eine Minute Zeit, Dick?«

Horner schien sich nicht wohl zu fühlen. »Tjaaa...«

»Nur eine Minute. Wollte Ihnen nur von dieser Familienshow erzählen, die ich ausgearbeitet habe. Sehen Sie, da ist dieser Ehemann, der dauernd seinen Hochzeitstag vergißt...«

Er zog es schnell durch, wußte, daß sein Zuhörer nicht

besonders interessiert war, skizzierte in groben Zügen die Story, feuerte die Pointen auf ihn ab. Horner hörte eine Spur zu höflich zu, und das spornte Larry an, noch schneller zu reden, die Geschichte schlecht zu erzählen, zeigte nicht, was wirklich in dem Manuskript steckte. Er war nicht weiter überrascht, als Horner lediglich ein anerkennendes professionelles Lächeln für ihn hatte, keine Lacher, kein vergnügtes Grunzen. Er war froh, als sich mit Jackie Ransoms Erscheinen eine Ablenkung bot.

Natürlich wurde er sofort von allen umringt. Sie machten ein Riesengeschrei darum, ihn zu loben oder ihm ihre Dankbarkeit zuzusäuseln oder geistreiche Ironie fallenzulassen, je nachdem wer sie waren und wieviel sie dem Komiker schuldeten. Larry Gates leckte sich über den Mund und versuchte sein kleines Pflaumengesicht ins Zentrum der Aufmerksamkeit zu schieben. Er war Ransom schon einige Male begegnet, vielleicht erinnerte er sich ja an ihn. Vielleicht ließ er sogar ein paar Worte fallen, die sein Interesse bekundeten.

Und dann begann sich die Menge wieder zu zerstreuen. Larry sah, daß Brotzman an Ransoms Seite klebte. Brotzman mit seinem säuerlichen Gesicht. Brotzman, der so zurückhaltend war, was die Schreiberei betraf, immer den guten Kumpel herauskehrte. Und jetzt schloß Horner sich ihnen an, und Herb Winnet, der Produzent. Sie bewegten sich langsam auf den Rand der Terrasse zu, wollten offenbar zu den Gartensesseln, die am Pool standen, genau wie in Larrys Tagtraum. Er folgte ihnen. Winnet sah ihn als erster und kam auf ihn zu. »Tag, Kumpel«, sagte er grinsend. »Wie ich sehe, hast du's ja geschafft.«

»Hallo, Herb. Nette Party. Sag mal, Herb, wegen heute morgen ...«

»Ach, war das erst heute morgen? Kommt mir schon wie eine ganze Woche vor, soviel hatte ich zu tun. Du hast ja keine Ahnung...«

»Hat Brotzman den Vertrag bekommen, Herb? Ich meine, du brauchst es mir ja nicht zu sagen...«

Winnet runzelte die Stirn. »Noch ist nichts entschieden, Larry. Das habe ich dir doch gesagt. Wir werden Ende der Woche über Autoren reden...«

»Aber, hör doch mal, Herb...«

»'tschuldige mich, Larry. Muß Jackie jetzt einen Drink besorgen.«

Er ließ ihn stehen. Larry drehte sich zu der Gruppe am Pool um, suchte krampfhaft nach einem einzigen guten Lacher, mit dem er bei ihnen seinen Auftritt machen konnte. Er dachte daran, den Psychiater-Witz zu erzählen, erinnerte sich dann jedoch daran, daß er das schon in *Russo's* gemacht hatte, und Brotzman, diese Laus, würde Ransom den Witz wahrscheinlich sowieso schon längst erzählt haben. Er sah gequält aus, als er bemerkte, wie alle über etwas lachten, was Horner gesagt hatte, und dann schwoll das Lachen wieder an, als Brotzman irgendwas anderes sagte. Allein schon der Klang ihres Lachens ließ seine Ohren klingeln. Vor seinen Augen begann alles zu verschwimmen, und seine Hände zitterten so stark, daß er sie in seine Taschen stieß. Er hatte das Gefühl, als wäre seine Zunge in seinem Mund festgeklebt. Er konnte nicht sprechen, er konnte nicht mal richtig denken. Der Tagtraum und der Alptraum vermischten sich in seinem Kopf, und er wollte sich umdrehen und einfach nur fortlaufen, in den Zug steigen, nach Hause fahren, sich ins Bett fallen lassen, die Hände auf seine klingenden Ohren pressen, die ganze Sache einfach wegschlafen...

Ein weiteres Lachen, lauter dieses Mal, ein ausgewachsener Lacher, wehte von der Gruppe zu ihm herüber. Larry schwankte und streckte seine Hände aus, um etwas Hartes und Kaltes zu berühren. Es war das Metall der Swimmingpool-Leiter. Er schaute die silbrig schimmernde Leiter hinauf und setzte seine Schuhe auf die erste Sprosse der Leiter, schwang sich dann hinauf. Er kletterte schnell, wollte zu den Sternen weit oben über ihm, dachte nicht mehr nach. Als er oben angekommen war, stellte er sich aufrecht hin und schaute nach unten, und dann erkannte er, daß Ransom und Brotzman und die anderen seine Eskapade nicht einmal bemerkt hatten. Er legte seine Hände um seinen Mund und brüllte zu ihnen hinunter.

»He!« rief er. »He, Ransom! He, Brotzman!«

Er sah, wie sie sich verwirrt umschauten, und dann richteten sie ihre Blicke langsam nach oben. Sie hörten auf zu lachen, als sie ihn sahen.

»Paßt auf!« brüllte Larry. »Sieh dir das an, Ransom! Ich zeig dir, wozu dich das Network zwingt, wenn deine Einschaltquoten runtergehen. Sie lassen dich über die Planke laufen!«

Sie starrten immer noch, und Larry stieß einen wimmernden Laut aus, grinste und ging auf das Sprungbrett hinaus. Horner sagte von unten irgend etwas zu ihm, doch er konnte es nicht verstehen. Er sprang auf dem Brett auf und ab, und Horner begann zu brüllen. Ihre Gesichter konnte er nicht sehen, aber er wußte genau, daß sie ihn beobachteten.

Rauf und runter auf dem Brett, wobei die stählernen Halbmonde seiner Schuhe auf dem polierten Sprungbrett klackerten. »He, Ransom!« brüllte er.

Und dann wurde alles rot, dunkelrot, wie in seinem

Traum, und einen Augenblick lang meinte er, das dumpfe Schlagen der Meeresbrandung gegen den Strand zu hören. Dann öffnete er seine Augen und sah Gesichter, Gesichter mit häßlichen, zusammengekniffenen Mündern. Kein Lachen, kein Grunzen, kein schallendes Gelächter. Er versuchte, ihnen etwas zu sagen, doch eine zähe Flüssigkeit blockierte seinen Hals. Er schluckte. »He, Ransom«, sagte er, »mächtig hartes Wasser, das du da hast.« Dann schloß er seine Augen und ließ sich von der Brandung überrollen. Er wußte, daß er einen Volltreffer gelandet hatte, den Knüller, den ganz großen Lacher.

Gefeuert

Sheldon Keeler, Manager der Abteilung für Haushalts-
produkte, hielt sich jederzeit für Konferenzen bereit;
Konferenzen der *Walford Company* konnten zu jedem
Zeitpunkt und an jedem Ort anberaumt werden. Nicht
einmal die Fahrstühle des Gebäudes waren heilig; als er am
Mittwochmorgen in die Liftkabine trat, wartete der stellvertretende Personalchef Cliff Bowles auf ihn. Bowles
hatte große, nervöse Hände; wenn er sich eine Zigarette
ansteckte, drückte er die Ellbogen immer fest an seine
Seiten. »Hatte gestern abend eine Besprechung«, sagte er.
»Einer Ihrer Jungs ist durchgekaut worden, Shel.«

»Ach?« sagte Keeler. »Und wer könnte das wohl gewesen sein?«

»Kann's Ihnen genausogut sagen. Macauley ist draußen.
Leistet seinen Beitrag nicht. Wäre Ihnen dankbar, wenn
Sie's ihm sagen würden.«

»Sicher«, sagte Keeler, versuchte das Gesicht unter den
siebenundsechzig Angestellten seiner Abteilung herauszufinden, was ihm jedoch nicht gelang. »Soll ich's heute
noch erledigen?«

»Nein, warten Sie besser bis Freitag. Bis kurz vor Feier-
abend. Nicht besonders klug, entlassene Mitarbeiter mur-
rend und schimpfend herumlungern zu haben.«

Keeler lachte leise, doch er war absolut nicht amüsiert.
Es war nicht das erste Mal, daß ihm die Pflicht übertragen
worden war, die Axt der Abteilung zu schwingen, doch
besonders angenehm fand er diese Aufgabe nicht. Manch-

mal kam es zu unangenehmen Szenen, wenn er einem Mann mitteilte, daß er draußen war; nicht einmal das sorgfältig formulierte Firmenbulletin (*256. Einen Walford-Mitarbeiter von seiner Entlassung in Kenntnis setzen*) war eine große Hilfe, wenn das Opfer emotional reagierte.

»Gemacht«, sagte er. »Am Freitag also.«

Als Keeler sein Büro erreichte, beschlich ihn ein unbestimmtes Gefühl der Verärgerung. Die letzten drei Entlassungen in seiner Abteilung waren von seiner Zustimmung oder seinem Veto abhängig gemacht worden; natürlich hatte er zugestimmt, da die Leute aus der Personalabteilung schließlich die Experten waren. Dieses Mal jedoch war die Entscheidung ganz klar einseitig gefallen. Er genoß einen Augenblick der selbstgerechten Empörung und machte sich während seiner Kaffeepause mit einem Untergebenen über ›seelenlose Firmen‹ lustig. Der Untergebene, ein Mann namens Delman aus der Werbeabteilung, pflichtete ihm ein bißchen zu herzlich bei, und Keeler machte sich darüber Gedanken.

»Tja, es ist schon in Ordnung, darüber Witze zu reißen«, sagte er barsch. »Aber eine große Firma ist wie eine Armee. Das muß man *Walford* schon lassen. Hier wächst kein Unkraut mehr.«

»Und auch keine Blumen«, meinte Delman traurig. Als er ging, starrte Keeler ihm stirnrunzelnd nach und machte sich eine geistige Notiz über diesen Delman.

Er hielt genügend von seiner schlagfertigen Antwort, um sie beim Mittagessen in der Kantine der leitenden Angestellten zu wiederholen. »Da haben Sie verdammt recht«, meinte Collins, Vizepräsident der Marketing-Abteilung. »Ein großes Unternehmen ist noch *mehr* auf Disziplin angewiesen als eine Armee. Zum Teufel auch,

Krieg gibt's nur alle zehn oder zwanzig Jahre. Aber in der Wirtschaft ist der Krieg nie zu Ende.«

»Dieser ganze Quatsch über Unternehmen hängt mir langsam zum Hals raus«, sagte Bowles angewidert. »Wenn alles so gottverdammt beschissen ist, wieso kriegen wir dann hundertfünfzig Bewerbungen für jeden einzelnen Job, den wir zu vergeben haben?«

Einig, entrüstet und glücklich nahmen sie ihre Mahlzeiten mit Genuß und Befriedigung zu sich.

Der Donnerstag war für Keeler ein dankbarer und ausgefüllter Tag, und er vergaß für den Augenblick völlig seine leichte Verstimmung über die einseitige Entscheidung, seinen Mann zu feuern. Doch am Freitag kehrte er trotz des Roastbeefs, das er verdaute, mit einem leeren Gefühl im Bauch vom Mittagessen zurück. Er wußte, der Augenblick war gekommen, und es hatte keinen Sinn, die Sache noch weiter hinauszuschieben. Er rief Evelyn, seine Sekretärin, und sagte ihr, sie solle Bob Macnally Bescheid sagen, daß er in sein Büro kommen sollte. Er erschien auch umgehend, ein schlanker junger Mann mit sensiblem Gesicht und einem unsicheren Lächeln.

»Nehmen Sie Platz«, sagte Keeler herzlich. »Wie lange sind Sie jetzt schon bei uns, Macnally?« Es war die Standard-Eröffnungsfloskel, wie sie durch das Firmenbulletin vorgeschrieben wurde.

»Fast zwei Jahre«, sagte der junge Mann. »Lassen Sie mich nachdenken. Im November werden es ganz genau zwei Jahre.«

Keeler lächelte. »Schätze, wir werden uns wohl inzwischen gegenseitig genug kennengelernt haben. Wie hat sich denn *Ihrer* Meinung nach unser Arbeitsverhältnis entwickelt?«

»Gut«, sagte der junge Mann. »Einfach nur gut, Mr. Keeler.«

Der Manager seufzte tief. »Nun, ich denke, die Schuld wird wohl bei uns liegen«, sagte er salbungsvoll. »Schätze, wir werden dafür wohl selbst die Verantwortung übernehmen müssen.«

»Die Verantwortung?«

»Hören Sie, Bob«, sagte Keeler vertraulich. »Sie sind ein guter Mann, in Ihnen steckt noch viel, und allein die Tatsache, daß die *Walford Company* keine angemessene Verwendung für Ihre Talente zu finden scheint, bedeutet noch lange nicht, daß *Sie* ein Versager sind. Sie verstehen, was ich meine?«

Lippen spannten sich an. »Nein. Ich verstehe nicht.«

»Wenn Sie uns verlassen, wird die *Walford Company* Ihnen ein ausgezeichnetes Zeugnis mit auf den Weg geben. Darauf können Sie sich verlassen.«

»Aber ich dachte gar nicht daran zu gehen, Mr. Keeler.«

»Bob«, sagte Keeler traurig, »manchmal *muß* ein Mann darüber nachdenken zu gehen.«

Die Wahrheit begann sich auf Macnallys Gesicht abzuzeichnen, und seine sanften Gesichtszüge begannen sich zu verhärten. Er richtete sich in seinem Stuhl auf.

»Sie wollen sagen, ich bin *gefeuert*?« Er konnte es nicht glauben. »Sie wollen sagen, ich kann verschwinden?«

»Hören Sie, Bob...«

»Kommen Sie mir nicht mit dieser Bob-Scheiße!« Er stieß die Worte so brutal aus, daß sie wie schwere Steine auf Keelers Schreibtisch krachten. »Sie haben mich in Ihrem ganzen Leben noch nie Bob genannt, Keeler. Ich mache jede Wette, daß Sie meinen Vornamen bis vor kurzem nicht mal gekannt haben.«

»Ich versuche nur, das hier leichter für Sie zu machen...«

»Ich bin der gottverdammte beste Werbemann, den Sie je hatten, das haben Sie mir doch selbst gesagt...«

»Habe ich das?«

»Letztes Jahr erst. Sie haben mir doch selbst eine Aktennotiz geschickt, erinnern Sie sich nicht mehr? Oder hatten Sie überhaupt keine Ahnung, wem Sie das Ding geschickt haben? Ich habe die gottverdammt beste Personalakte in der ganzen Abteilung, und jetzt schmeißen Sie mich einfach raus?«

»Es gibt da mehrere Faktoren«, sagte Keeler ernst. »Die Personalabteilung...«

»Zum Teufel mit denen!« sagte der junge Mann wütend und stand auf. »Zum Teufel mit *Ihnen*!« brüllte er. »Sie gottverdammte Marionette! Sie glauben, Sie könnten mir den Kopf abhacken, ohne daß ich brülle? Tja, da haben Sie sich aber gewaltig getäuscht. Ich werde zum Alten persönlich gehen. Ich werde ein paar Antworten bekommen...« Er drehte sich um und ging auf die Tür zu.

»Warten Sie doch einen Augenblick!« rief Keeler. »Damit vermasseln Sie sich doch nur noch mehr. Es wird sich herumsprechen...«

Der junge Mann war inzwischen halb aus dem Zimmer, doch er kam noch einmal zurück, um seinem ehemaligen Chef noch zwei weitere Worte zu sagen. Keelers Gesicht verfinsterte sich schlagartig, und er sank in seinem Stuhl zurück, erschüttert von diesem Ausbruch. Wenn er *wirklich* zum Alten ging, würde das nur ein schlechtes Licht auf Keelers Fähigkeiten werfen, einen Mann zu entlassen, ohne böses Blut zu vergießen. Aber wie sollte er ihn daran hindern?

Er konnte absolut nichts tun. Keeler seufzte und vergrub sich in die Nachmittagspost. Von der Entlassung hörte er nichts weiter, und zehn Minuten nach fünf legte er bislang ungelesene Aktennotizen in seinen Diplomatenkoffer und ging nach Hause.

Montagmorgen war Evelyn vor ihm in seinem Büro und legte eine gelbe Telefonnotiz auf seinen Schreibtisch. Sie schaute auf, als er eintrat, und sagte: »Oh, Mr. Keeler, Mr. Walford hat um neun angerufen und läßt Sie bitten, doch kurz bei ihm vorbeizuschauen.«

»Welcher Mr. Walford?«

»Senior«, sagte Evelyn.

Er kehrte zu den Fahrstühlen zurück und fuhr weiter hinauf. Auf der Etage der Geschäftsleitung stieg er aus und ging an der Empfangssekretärin vorbei zu dem großen Büro mit seinen sechs Fenstern am Ende des langen Flurs.

Der Alte band gerade seinen Schnürsenkel, als Keeler hereinkam. Sein papierweißes Gesicht wirkte sehr konzentriert. Als er dann aufschaute, schnalzte er einmal, bevor er etwas sagte.

»Dieser Macnally...«

»Das tut mir wirklich sehr leid, Mr. Walford. Schätze, er ist wohl *tatsächlich* raufgekommen...«

»Das ist er«, sagte Walford Senior. »Sehr erregbarer junger Mann. Und ein guter Mann dazu. Ich habe mich bei Bowles über ihn erkundigt. Sagte, er wäre der vielversprechendste Mann in Ihrer Abteilung gewesen. Zu schade, wirklich.«

»Ich hoffe, er hat Sie nicht zu sehr belästigt, Mr. Walford.«

»Das war mir egal. Was mir allerdings nicht egal war, ist die Tatsache, ihn zu verlieren. Nach allem, was er mir an den Kopf geworfen hatte, konnte ich ihn unmöglich halten. Hat mich einen alten Blutsauger genannt. Wirklich, zu schade.« Er sah traurig aus.

»Ja«, sagte Keeler. »Das ist ganz sicher zu schade. Ich habe ihn ganz bestimmt nur äußerst ungern entlassen, Mr. Walford, aber die Personalabteilung muß es ja schließlich am besten wissen...«

»Sie haben die Anweisung dazu von Mr. Bowles erhalten?«

»Jawohl, Sir.«

»Wann?«

Keeler lächelte. »Es war im Fahrstuhl. Sagte mir, daß Macauley seinen Beitrag nicht leisten würde...« Er sprach nicht weiter, schluckte einen großen, rauhen Stein herunter. »Macauley«, sagte er flüsternd.

»Ja«, sagte Walford ruhig. »Macauley.« Er lehnte sich zurück, und sein Sessel knarrte leise. »Wie lange sind Sie jetzt schon bei uns, Keeler?«

Der Attentäter vom MVX-TV

Die Karawane der Fernsehübertragungs-Lastwagen erregte auf der Pennsylvania Avenue nur beiläufiges Interesse, obwohl ihr Ziel ganz offensichtlich das *Executive Mansion* war. Dieses Mal jedoch hatten die Lastwagen keinen elektronischen Auftrag. Sie dienten lediglich als Transportmittel für den Kader der Network-Funktionäre, die vor dem Eingang des Weißen Hauses abgeladen wurden. Schnell wurden sie durch stille Korridore geführt, bis sie schließlich einen Konferenzraum erreichten. Sie hatten kaum Zeit, all den berühmten Gesichtern im Raum Namen zuzuweisen; gerade Zeit genug, um die besorgten Falten zu bemerken, die sich in jede Stirn eingegraben hatten, vom Präsidenten bis zum Minister für Afrikanische Angelegenheiten.

Der erste Mann, der sich erhob, war der Stellvertretende Minister. »Ich bin gebeten worden, die Hintergrundfakten des ernsten Problems darzustellen, vor dem wir heute stehen«, sagte er.

»Vergangenen November ist die verfassungsmäßige Regierung von Buoni Lompos von Colonel Umanka Imhidi in einem Staatsstreich gestürzt worden. Der gewählte Präsident, Mr. Kowanda Gowa, starb wenige Tage danach eines natürlichen Todes. Am 21. Juni wurde die Hauptstadt von einer dreitausend Mann starken Streitmacht der Rebellen angegriffen, die dann die Einheiten von Colonel Imhidi vertrieben. Diesem gelang mit den Resten seiner Armee die Flucht in die Sierra Makundi.

Zu diesem Zeitpunkt engagierte sich unsere Regierung in der Überzeugung, daß sowohl den Interessen von Buoni Lompos als auch denen der Vereinigten Staaten durch die Rückkehr der verfassungsmäßigen Regierung am besten gedient wäre, mit der Freigabe von Hilfsgeldern und Entsendung einer militärischen Beraterkommission an die Rebellenführer.«

Er schwieg einen Augenblick, um tief Luft zu holen.

»Am siebenten Juli«, fuhr der stellvertretende Minister fort, »wurde das State Department von den Fernseh-Networks und den großen Nachrichtenagenturen um Erlaubnis gebeten, Pressevertreter in das Krisengebiet schicken zu dürfen. Die Genehmigung hierzu wurde erteilt.«

Ein Seufzer löste sich aus der Kehle des Präsidenten.

»Am neunzehnten Juli griffen die Rebellenstreitkräfte Colonel Imhidis Stützpunkt in den Bergen an und töteten ihn. Zur gleichen Zeit trafen sich die Rebellenführer in der Hauptstadt, um einen neuen Präsidenten zu wählen, dessen Mandat später bei einer allgemeinen und freien Wahl bestätigt werden sollte. Sie wählten den Mann in geheimer Abstimmung, doch noch bevor seine Ernennung öffentlich bekanntgemacht wurde, gelang es Angehörigen des Pressecorps, seine Identität in Erfahrung zu bringen.

Am zwanzigsten Juli, bevor die Ernennung veröffentlicht wurde, wurde der vorläufige neue Präsident Opfer eines Attentates. Um einer drohenden Panik vorzubeugen, beschloß der Rat der Rebellenführer, die Tatsache seiner Nominierung völlig zu unterdrücken, und setzte statt dessen einen anderen Namen ein. Am folgenden Tag wurde der neue Präsident, Moki Umhanhu, proklamiert.

Gestern, am vierundzwanzigsten Juli, traf ein Delegierter der neuen Regierung von Buoni Lompos hier ein und verlangte eine sofortige Audienz beim Präsidenten und Außenminister. Dabei stellte er eine erstaunliche Behauptung auf...«

Die Wangen des Stellvertretenden Ministers bliesen sich auf und änderten ihre Farbe. Er schien nicht fortfahren zu können. Sein Vorgesetzter erhob sich. »Ich werde diese Darstellung zu Ende führen«, sagte er ruhig. »Der Abgesandte legte erstaunliches, aber auch überzeugendes Beweismaterial vor, daß der Attentäter des Präsidenten ein gewisser Herb Frostmyer war, ein Reporter des *Allied Broadcasting System.* Wie Sie vielleicht wissen, ist Frostmyer angeblich bei einem Unfall mit einem Jeep ums Leben gekommen, doch jetzt sind wir davon überzeugt, daß sein Tod in unmittelbarem Zusammenhang mit dem Attentat steht.

Meine Herren, an der Korrektheit der Fakten kann keinerlei Zweifel bestehen. Ein amerikanischer Fernsehreporter war für diesen kriminellen Akt verantwortlich, und bevor diese Angelegenheit internationale Dimensionen annimmt, muß hier und jetzt irgendeine Lösung des Problems gefunden werden.«

Er setzte sich wieder. Sofort erhob sich ein leitender Angestellter des Networks.

»Mein Name ist William Biederman«, sagte er. »Ich bin Vizepräsident von *MVX News.* Ich darf wohl sagen, daß ich im Namen der gesamten Presse spreche, wenn ich Ihnen sage, wie sehr wir diesen unglücklichen Zwischenfall bedauern. Ich kann nur hoffen, daß sich die Regierung von Buoni Lompos mit der offiziellen Erklärung zufriedengeben wird: Daß Herb Frostmyer – der arme, alte Herb! – unter der heißen Sonne Afrikas schlicht und einfach durchgedreht ist.

Was natürlich, wie einige von uns wissen, nicht der Fall war. Herb Frostmyer handelte für jeden Mann, jede Frau und, ja, auch für jedes *Kind* in Amerika. Er handelte im Interesse der nationalen Moral und des guten Geschmacks.

Was Herb getan hat, war etwas, von dem wir alle wußten, daß es getan werden *mußte*. Aber keiner von uns besaß seine Courage, seine Offenheit, seinen Eifer. Ja, es ist wahr, daß Herb leicht einen im Segel hatte – entschuldigen Sie bitte –, daß er sich unter dem Einfluß starken Alkohols befand, als er handelte. Aber das ändert nichts an der moralischen Größe seiner Entscheidung – eine Entscheidung, vor der wir alle standen, als wir erfuhren, wer zum Präsidenten von Buoni Lompos gewählt worden war.«

Biederman unterbrach sich. Er drehte seinen Kopf, bis sein Blick dem des persönlichen Sekretärs des Präsidenten begegnete, der einzigen anwesenden Frau. Dann sagte er nur ein Wort.

Die Frau schnappte entsetzt nach Luft. Ihr Luftschnappen wurde gefolgt von schockierten und entrüsteten Aufschreien der um den Tisch versammelten Staatsmänner. Der Präsident persönlich stieß mit stockender Stimme die Frage aus: »Biederman! Wie können Sie es nur wagen, hier eine solche Sprache zu benutzen?«

Mit grimmiger Miene wandte sich der MVX-Mann an den Präsidenten und wiederholte das Wort. »Ja, Gentlemen, es *ist* ein schockierendes Wort«, fügte er hinzu. »Keines der Worte, wie wir sie in Gesellschaft von Damen hören möchten. Keines der Worte, wie wir sie bei uns zu Hause hören wollen, von unseren Frauen und Schwestern, aus den Mündern unserer Kinder. Aber dieses Wort, Gentlemen, würde in Amerika allgegenwärtig geworden sein – *wenn Herb Frostmyer nicht gehandelt hätte.*

Denn dieses Wort, in der Landessprache von Buoni Lompos ohne jede häßliche Bedeutung, war der *Name* ihres vorläufigen Präsidenten. Der Name, den *Ihre* Frauen und Kinder tagein, tagaus über Radio und Fernsehen gehört haben würden. Ein Name, der den Äther dieses wunderbaren Landes vergiftet haben würde, der Gott allein weiß welche Traumata bei den degenerierten, den für so etwas besonders empfänglichen Menschen, den jungen Menschen verursacht haben würde. Ein Wort, Mr. President, dessen Eingang in die allgemeine Umgangssprache um jeden Preis verhindert werden *muß*, wenn wir unsere nationale Moral bewahren möchten.

Niemand von uns sah die Möglichkeit, wie dieses Ziel zu erreichen wäre. Nur Herb Frostmyer. Und er bezahlte für sein Handeln mit seinem Leben. Gentlemen, wenn Herb Frostmyer nicht gewesen wäre, dann würde ganz Amerika genau jetzt, in diesem Augenblick, sagen...«

Tiefes Schweigen legte sich über den Raum. Schließlich erhob sich der Präsident. »Es ist äußerst bedauerlich«, sagte er, »daß kein einziges Wort dieser Besprechung jemals außerhalb dieses Raumes wiederholt werden darf. Keinerlei Zitat darf gemacht werden, auch kann die Witwe dieses tapferen Mannes keinerlei Entschädigung erhalten. Aber das mindeste, was *wir* hier tun können, ist, ihm ein letztes Tribut zu zollen.«

Sie standen alle auf und widmeten dem dahingeschiedenen Geist von Herb Frostmyer eine Minute respektvollen Schweigens.

Kein Herz aus Stein

Rückblickend gesehen ist es vielleicht klüger, ein Hindernis zu umgehen, statt frontal darauf zuzulaufen.

Eigentlich, fand Jack Levitt, schrieb Gil Crown gute, direkte Texte für die Aufträge, die er zugewiesen bekam, daher verteidigte er ihn schwach, als ihr gemeinsamer Boss Maxfield das Adjektiv ›einfallslos‹ beim Mittagessen fallenließ. »Ich weiß nicht«, sagte er, während er eine Salzstange brach, »vielleicht *sollten* manche Werbetexte einfallslos sein. Ich meine, eine Menge Werbungen klingen, als würden sie rennen. Wieso sollten ein paar also nicht einfach mal nur gemächlich *gehen*?«

Maxfield hielt das nicht für besonders clever. »Wie's aussieht«, sagte er, stocherte dabei mit einem Streichholzheftchen zwischen seinen Zähnen, »wird Gil fliegen, und zwar am nächsten Ersten. Zitier mich nicht, aber das erzählt man sich jedenfalls.«

»Gefeuert? Gil?« Levitt war aufrichtig schockiert. »Er ist doch erst zwei Monate bei uns. Weißt du, welche *Hölle* er durchgemacht hat, bevor er diesen Job bekam?«

»War ein Jahr arbeitslos, stimmt's?«

»Nicht ein Jahr. Siebzehn Monate ohne einen Gehaltsscheck. Wie macht sich so was im Lebenslauf?«

»Vielleicht lag da ja gerade sein Problem«, sagte Maxfield. »Er muß wohl ein bißchen aus der Übung gekommen sein, als er wie ein alter Teekessel die ganze Zeit im Garten rumgegammelt hat.« Maxfield grinste nicht direkt süffisant, aber seine Metaphorik schien ihm selbst schon ziemlich zu gefallen.

Levitt genoß einen gesunden Schwall von Haß auf seinen Vorgesetzten. Dann verspeiste er stumm und genüßlich seine Mahlzeit, den Braten, die fritierten Kartoffelbällchen und das Schokoladen-Eclair. Nach dem Essen schlenderten er und Maxfield zu dem Billardsalon an der Avenue of the Americas hinüber und spielten gentlemanlike eine Partie.

Als Levitt ins Büro zurückkehrte, leicht humpelte, während er den Korridor hinunterging, kam er an dem kleinen Verschlag vorbei, in dem Gil Crown über seiner Schreibmaschine hockte, die Maschine klackern ließ, während er wieder ein weiteres Stück guten, direkten und einfallslosen Textes schrieb. Levitt ging hinein und schloß hinter sich die Tür. »Gil«, sagte er, »kannst du einen Augenblick der Wahrheit verkraften?«

Gil Crown drehte sich zu ihm um, die Hände dabei immer noch wie Pranken in Schreibposition, was sein bärenhaftes Äußeres verstärkte. Er war ein großer Mann mit zotteligen grauen Kanten. Er lächelte Levitt entschuldigend an, die einzige Art von Lächeln, die er kannte. »Warum nicht?« sagte er. »Du weißt ja, was man über die Wahrheit sagt, sie macht angeblich frei...«

Levitt räusperte sich. »Apropos freimachen...«, sagte er. Dann erzählte er es ihm.

Während Gil zuhörte, verblaßte sein Halb-Lächeln zu Ungläubigkeit, zwei runde Farbflecken tauchten unter seinen Wangenknochen auf, und er stieß einen Laut aus, der Levitt erschreckte und der ihn seine Entscheidung bedauern ließ, der Überbringer dieser schlechten Nachricht zu sein. Es war ein tiefer, elementarer, animalischer Laut.

»Vielleicht hätte ich's dir doch besser nicht erzählen sollen«, sagte Levitt hastig. »Du weißt ja selbst, wie's ist, heute entlassen sie dich, und morgen bist du schon Vizepräsident der Papierhandtücher.« Dann sah er die Tränen in den Augen des großen, schweren Mannes.

»Tut mir leid«, sagte Gil, drehte sich um, ersparte Levitt den Anblick seines Gesichts. »Verdammter Mist. Tut mir leid. Wenn du wüßtest, was dieser Job für mich bedeutet...«

»Klar weiß ich das.«

»Ich war fast anderthalb Jahre arbeitslos. Ich bin auf Händen und Knien zu jedem in dieser Stadt gekrochen, bis die Leute mich schließlich dafür haßten, daß ich sie beschäme. Ich habe fünf Kinder, weißt du – eine magere kleine Frau und fünf magere kleine Kinder – jetzt alle schon so gut wie tot.«

»Du bist ein guter Texter«, sagte Levitt. »Und das meine ich wirklich. Du bist gut. Du wirst schon irgendwas anderes finden.«

»Den Teufel werd ich. Die Branche wimmelt nur so von smarten, jungen Männern, denen alle paar Minuten clevere Slogans über die Lippen kommen. Das hier war der Job, den ich behalten mußte, weißt du.« Er legte seinen Kopf auf den Schreibtisch. »Mutter Gottes«, sagte er, »wie soll ich nur nach Hause gehen und *das* meiner Frau sagen?«

Levitt wäre am liebsten gegangen, doch ein nicht von ihm genommenes schlechtes Gewissen nagelte ihn auf seinem Stuhl fest. Nach einer ganzen Weile sagte er schließlich: »Alles mögliche kann passieren, Gil, einfach alles. Beim Business kann man nie wissen; es hat eine ganz besondere Art von Herz.«

»*Herz?*« Gil starrte ihn mit einem wilden Ausdruck auf

seinem Gesicht an. »Was redest du da von *Herz?* Woher hast du dieses Zeug, aus einer Märchensendung im Fernsehen?«

»Ich mein's wirklich so, ohne Quatsch. Es ist nicht völlig egoistisch, aber man muß mit seinem Herzen dabei sein. Wenn die Leute denken, das wär man nicht, bekommt dein Name sofort einen üblen Beigeschmack und dein Image leidet. Hör zu, ich kann dich verdammt gut verstehen. Ich hab selbst genau das gleiche auch schon durchgemacht, was du jetzt durchmachst.«

»Du?«

»Ja, ich«, sagte Jack Levitt. »Und ob ich das hab. Und es ist noch gar nicht mal so lange her. Hör zu, ist dir mein lahmes Bein schon mal aufgefallen?«

Gil Crown sagte: »Was hat dein beschissenes Bein mit allem zu tun?«

»Eine ganze Menge.« Levitt nahm sich eine Zigarette aus dem Päckchen auf Gils Schreibtisch. Er hatte in diesem Jahr schon zum dritten Mal mit Rauchen aufgehört, aber jetzt brauchte er einfach eine Zigarette.

»Es war vor genau drei Jahren«, sagte er. »Ich arbeitete damals in der Lebensmittelprodukte-Abteilung der Agentur. Unser Gruppenchef war ein widerlicher Kerl namens Simpson, der unter Hepatitis oder so litt, als ich eingestellt wurde, und daher bei der Sache kein Wort mitzureden hatte. Natürlich konnte er mich deswegen auf den Tod nicht ausstehen, und ihm einen Text vorzulegen war genauso, als würdest du deine Hand in einen Fleischwolf stecken. Ich brauchte nicht lange, um dahinterzukommen, daß Simpson alles in seiner Macht Stehende tun würde, daß ich wieder entlassen wurde. Ungefähr zwei Wochen vor Weihnachten erhielt ich von einem Medienvertreter, mit dem ich befreundet war, einen Tip. Simpson hatte sich mit seiner Meinung bei den Chefs der Agentur durchgesetzt, und ich sollte unmittelbar nach Weihnachten gefeuert werden.

Verstehst du jetzt, was ich mit Herz meine? Sie konnten mich nicht unmittelbar vor den Feiertagen entlassen, oder? Wie würden sie vor dem Rest der Branche dastehen, wenn sie dem Geist des Weihnachtsfestes einfach so einen Schlag in die Zähne verpaßten? Oh, nein, DS & B würden hübsch bis zum 26. Dezember warten, um mir Bye-bye zu winken.

Tja, viel dran ändern konnte ich nicht. Ich fing an, mich diskret nach anderen Jobs umzuhören, aber es herrschte absolute Flaute. Es war eines dieser miesen Jahre. Bei den großen Agenturen waren die Köpfe gleich dutzendweise gerollt. Die kleinen hatten eine Scheißangst. Ich begann mir also Sorgen zu machen. Ich bekam Bauchschmerzen, und Gedanken an Magengeschwüre schlichen sich mir in den Kopf.

Zwei Tage vor Weihnachten blieb ich länger im Büro, arbeitete an meinem Lebenslauf, brachte meine Mappe mit den Arbeitsproben in Ordnung. Als ich schließlich ging, waren die normalen Fahrstühle schon nicht mehr in Betrieb und ich mußte mit dem Nacht-Lift fahren. Du kennst das alte Gebäude, in dem DS & B untergebracht war, bevor sie hierher umzogen? Jedenfalls gab es dort zwei miese alte Fahrstühle, die nachts in Betrieb waren, und die Dinger hatten die Angewohnheit, immer gleichzeitig ihren Geist aufzugeben. Schließlich kam endlich einer von ihnen, und ich stieg ein. Ich drückte auf den Knopf für das Erdgeschoß, und die Tür schloß sich, allerdings nicht ganz, nur halb. Nichtsdestoweniger setzte sich die Klapperkiste nach unten in Bewegung, weiß der Teufel wieso. Ich hatte ein komisches Gefühl dabei, als ich die roten Ziegelinnereien des Gebäudes sah, während ich hinunterfuhr. Ich kann mich nicht mal mehr daran erinnern, daß der verdammte Fahrstuhl sich schneller bewegte als normal – alles, an was ich mich erinnere, war das plötzliche Gefühl von Schwerelosigkeit, und dann krachte ich unten auf, und der Aufprall war, als würden mir die Knochen meiner Beine in den Kopf geschlagen. Ich erinnere mich, wie ich gedacht habe, daß ich auf diesen Schmerz auch gut verzichten könnte. Ich hatte auch so schon mehr als genug Kummer zu ertragen. Und dann wurde ich einfach ohnmächtig.

Die Wahrheit ist, ich hatte gottverdammtes Glück. Ich hatte mir ein Bein und das Becken gebrochen, solche Sachen eben, die einen nicht umbringen. Ich wurde ins Krankenhaus gebracht, und die Hausverwaltung bekam die Kosten dafür aufgebrummt, aber denk jetzt nur nicht, die Agentur hätte einfach nur tatenlos rumgestanden und blöd geglotzt. Die zeigten Herz. Die ganzen fünf Monate, die ich brauchte, um wieder zu einem Stück zusammenzuwachsen, zahlten sie mir mein volles Gehalt weiter. Pünktlich jeden Monat schickten sie mir die Firmenzeitung der Agentur, und sogar ein paar der hohen Tiere sind mich besuchen gekommen. Ich hatte Geburtstag, als ich noch im Krankenhaus lag, und Joe Flimmer, der Präsident, schickte mir höchstpersönlich ein Geschenk. Es war eine lederne Reisebar mit vier Flaschen ziemlich gutem Stoff, und ich glaube, Flimmers Sekretärin hat das Gedicht geschrieben, das dabeilag. Es lautete: ›*Wenn Du wieder rauskommst, werden wir jubeln und schrein, und falls Du's nicht weißt, Du fehlst uns allen bei* DS & B *und ohne Dich fühlen wir uns allein.*‹

Aber jetzt kommt die Krönung des Ganzen. Als ich wieder in die Agentur zurückkam, abgesehen von diesem leichten Humpeln alles wieder bestens verheilt, hatten sie völlig vergessen, daß sie mich entlassen wollten. Der Gruppenleiter, der mich auf den Tod nicht ausstehen konnte, hatte in der Zwischenzeit zu einer anderen Agentur gewechselt. Nächste Weihnachten hatte ich nicht nur meinen alten Job wieder, ich hatte auch noch eine Gehaltserhöhung von zwei Riesen bekommen. So, verstehst du jetzt, was ich meine, Gil? Das mit dem Herz?«

Gil Crown starrte auf seine großen Hände. »Danke«, sagte er. »Danke, daß du es mir erzählt hast, Jack. Hör mal, was hat Maxfield denn gesagt, wann sie mich feuern wollen?«

»Zum nächsten Ersten, das hat er wenigstens gesagt. Das heißt aber nicht...«

»Klar«, sagte Gil, bekam einen glasigen Blick. »He, ich seh besser zu, daß ich das hier fertig kriege. Ich stehe immerhin noch auf der Gehaltsliste, richtig?«

»Richtig«, sagte Levitt.

Montagmorgen rief Maxfield Levitt an und bat ihn, in sein Büro zu kommen. Levitt vermutete, daß er die Entwürfe für die Eisreklame sehen wollte, daher nahm er alles mit und war darauf vorbereitet, den Cartoon-Entwurf gegen die Fotos zu verteidigen, die Maxfield favorisierte. Allerdings war Maxfield nicht auf die Eiscremebesprechung vorbereitet; er hatte etwas anderes auf dem Herzen.

»Sie waren doch irgendwie mit Gil Crown befreundet, oder nicht?« sagte er. »Ich meine, besser mit ihm befreundet als jeder andere hier.«

»Ich würde nicht direkt befreundet sagen. Allerdings

war ich einmal abends auf ein paar Drinks und Kartoffel-chips bei ihm zu Hause.«

»Dann haben Sie sicher auch seine Frau kennengelernt, richtig?«

»Stimmt irgendwas nicht mit seiner Frau?«

»Oh«, sagte Maxfield. »Ich nehme an, Sie haben noch nichts von Gils Unfall gehört.«

»Unfall?« sagte Jack Levitt.

»Ja. Samstagnachmittag. Er ist auf dem Parkway gegen einen Baum gerast. Eine ganz verrückte Sache. Er fuhr nicht mal besonders schnell. Es war in einer 25-Meilen-Zone, und die Polizisten sagen, er wäre noch nicht mal so schnell gefahren, aber am Ende hatte er den Motor auf seinem Schoß.« Maxfield schnalzte und sagte: »Mann, was nicht alles passieren kann.«

»Wie geht's ihm?« fragte Levitt, bekam ein eiskaltes Gefühl in den Bauch. »In welchem Zustand befindet er sich jetzt?«

»Er ist tot«, sagte Maxfield. »Das wollte ich Sie ja fragen, ob Sie als Vertreter der Agentur zu seiner Witwe gehen könnten. DS & B möchten ihr etwas geben, ein paar Riesen. Zum Teufel auch, er hat schließlich hier gearbeitet; es ist das wenigste, was wir tun können. Man muß schließlich ein Herz haben, richtig?«

Das Angebot

Nach der Mathematik seines Angebots würde eins plus eins Erfolg ergeben.

Martha Hiller wohnte in Bedford Heights, und obwohl ihr Mann Tom die einstündige Fahrt mit dem Zug in die Stadt an jedem Morgen eines Arbeitstages machte, erforderte ihr Besuch einmal im Monat all die fieberhaften Vorbereitungen einer Expedition in das Innere Afrikas. Normalerweise kam sie, bereits erschöpft, gegen Mittag dort an, und nach einer stürmischen Runde durch die Geschäfte auf der Fifth Avenue traf sie sich im Restaurant des Chandler Hotels mit Wendy Garde zum Mittagessen. Wendy und ihr Mann Graham lebten trotz aller Anstrengungen der Hillers, sie auf grünere Weiden zu locken, wo ihre Freundschaft inmitten des sich schnell ausbreitenden Unkrauts gedeihen konnte, immer noch in der City. Aber Graham war stur wie Asphalt; jeden Abend, wenn Tom sein Büro in der Tiefkühlkostfirma verließ, in der sie beide arbeiteten, grinste Graham frech und wünschte Tom eine angenehme Bahnfahrt ohne irgendwelche Pannen. Dann nahm er ein Taxi nach Hause.

Eines Mittwochmittags erschien Martha angegriffener und aufgelöster als gewöhnlich zu ihrer Verabredung zum Essen, und die Tatsache, daß sie auf ihren Einkaufsbummel verzichtet hatte, ließ ihre angeschlagene Verfassung noch verblüffender erscheinen. Erst nachdem sie sich die Hälfte eines trockenen Martini hinter die

Binde gekippt hatte, beantwortete sie Wendys neugierige Fragen.

»Es liegt am Schlaf«, sagte sie. »An zuwenig Schlaf, meine ich. Ich habe Phenobarbital wie Erdnüsse in mich reingestopft, und das alles nur wegen diesem Dunston.«

»Dunston? Du meinst Grahams Chef?«

»Ja, und auch Toms Chef«, sagte Martha mit einem besorgten Gesichtsausdruck, »und beide tun mir schrecklich leid. Jetzt hör zu«, sagte sie ernst, »ich erzähle dir das alles nur, wenn du mir absolute Verschwiegenheit versprichst. Und es ist wirklich kein Spaß. Wendy, es ist schrecklich wichtig, daß du auch wirklich *keinem Menschen* auch nur ein Wort davon erzählst. Nicht mal Graham.«

Wendy lachte leise. »Müssen wir das mit einem Blutschwur besiegeln? Wie wär's statt dessen mit einer Bloody Mary?«

»Schwör's mir einfach«, sagte Martha mit grimmiger Miene. »Denn wenn Tom oder *irgendwer sonst* in dieser verdammten Hühnchen-Fabrik auch nur ein Wort davon erfährt, könnten wir durchaus schon bald zwei arbeitslose Ehemänner haben.«

Wendy, die die großen überraschten Augen eines Kindes hatte, selbst wenn ihr hübsches Gesicht ruhig und entspannt war, faltete die Hände auf dem Tisch und beugte sich gespannt vor. Martha hatte in ihrer Verbindung auf dem College altersmäßig über ihr gestanden, und zwischen ihnen bestand schon seit sehr langer Zeit eine Art Große-Schwester-Kleine-Schwester-Beziehung.

»Es ist vor ungefähr drei Wochen passiert«, sagte Martha, steckte sich eine Zigarette an und nahm einen tiefen Zug. »Zwei Tage nach der Party in Dunstons Wohnung, zu der wir alle eingeladen waren. Tom war nicht in der Stadt, ich nehme an, wahrscheinlich in der Filiale in Fort Worth, und ich habe mich um das liegengebliebene Unkrautjäten gekümmert. So gegen zehn Uhr morgens bekomme ich dann diesen Anruf, und es ist kein anderer als Mr. Fatty Dunston persönlich. Tja, also, ich war natürlich ziemlich verblüfft, weil er doch genau *wußte*, daß Tom nicht da war, und aus welchem Grund sollte er mich anrufen? Wie sich herausstellte, wollte er wissen, ob ich in die Stadt kommen und mit ihm zu *Mittag essen* könnte, um Himmels willen. Du kennst ja mich und meine Trips in die Stadt, Wendy, es ist ungefähr so wie eines dieser Dinger in eine Erdumlaufbahn zu bringen. Aber er sagte, es wäre wegen Tom und ziemlich wichtig, was blieb mir da schon groß über, außer ja zu sagen? Irgendwie schaffte ich es, mich umzuziehen und noch den Elf-Uhr-Zug zu erwischen, und ich habe mich dann im *King-Edward*-Restaurant mit ihm getroffen, und ich kann dir sagen, das ist vielleicht ein Neppschuppen. Mein Steak war nicht größer als ein Golfball, und das Ding hat fünf Dollar gekostet.

Wie auch immer. Er war honigsüß zu mir, ein richtiger Charmeur, aufgemotzt in einem übergroßen Fünfhundertdollar-Anzug und mit einem kleinen Schnurrbart à la Douglas Fairbanks. Er sagte, er wäre wirklich froh, daß ich in die Stadt hätte kommen können und daß er auf der Party wirklich sehr von mir angetan gewesen war und Tom definitiv um sein Glück beneidete und lauter solches Zeug und daß er sich wünschte, *er* hätte eine glückliche Ehe statt dieser unschönen Scheidung, denn eine glückliche Ehe sei viel wichtiger als alles Geld, hah-hah, und das von einem Mann, der sich ein *Coq au vin* für neun Dollar bestellt, das Dessert nicht mal inbegriffen.

Und dann fängt er an über Tom zu reden, was ja auch genau das war, was ich hören wollte. Tom wäre ein äußerst intelligenter junger Mann, sagt er, würde ausgezeichnete Arbeit leisten, hätte eine große Zukunft vor sich. Natürlich, sagt er, wollte ich *Sie* schon immer mal kennenlernen, meine Liebe, denn die Frau eines Mannes ist die eigentliche *Grundlage* seines Erfolgs in einer so großen Firma wie *Dunston Foods*, und sie würden immer gern die *ganze* Familie ihrer leitenden Angestellten kennen. Und wo er mich jetzt kennengelernt hat, ist er mehr denn je davon überzeugt, eine gute Wahl getroffen zu haben, als er Tom für einen bestimmten Auftrag ausgesucht hatte, der ihm vorschwebte. *Dabei* bekam ich natürlich sofort große Ohren, denn Tom hatte schon Andeutungen über irgendeine große Sache fallenlassen, die sich im Büro anbahnte. Tja, Fatty schleicht jedenfalls eine ganze Weile um den heißen Brei, und erst beim Kaffee kommt er schließlich zu den nackten Fakten. Wie es scheint, will Dunston eine neue Stelle in der Firma schaffen, einen Job für einen Vizepräsidenten und Manager, dem alle vier Filialen unterstehen sollen, und Tom ist der heiße Kandidat dafür. Es ist wirklich ein Spitzen-Job, direkt der zweite Mann unter dem Alten, und Tom würde auch erheblich mehr verdienen, als er jetzt nach Hause bringt. Natürlich war ich sofort ganz aufgeregt, als ich das hörte, denn es ist haargenau das, was Tom und ich uns so sehr gewünscht haben.

›Nur einen kleinen Haken hätte die ganze Sache‹, sagt Dunston, grinst dabei irgendwie unverschämt, ›und das ist auch der Grund, warum ich mit Ihnen persönlich sprechen wollte, bevor ich irgend etwas unternehme. Ich weiß, daß Sie und Tom sich sehr lieben, und da Sie keine Kinder haben, nun, da könnte es für Sie vielleicht irgendwie schwierig sein. Denn immerhin würde Tom sehr viel zwischen den einzelnen Filialen hin und her reisen müssen, und die Firmenpolitik würde es ihm verbieten, dabei immer seine Frau mitzunehmen, und ob das für mich kein Problem wäre? Diese Frage wehrte ich geschickt ab, indem ich sagte, ich würde Tom ganz bestimmt keine Steine in den Weg legen. ›Tja‹, sagt Fatty, ›aber würden Sie denn nicht schrecklich *einsam* in all den Tagen sein, die Tom nicht in der Stadt ist?‹ ›Nein‹, habe ich geantwortet, ich könnte ja jederzeit in die Stadt fahren und meinen Freunden auf den Wecker fallen (womit ich natürlich dich gemeint habe), daher brauche er sich darüber ganz bestimmt keine Gedanken zu machen.

Nun, damit war er absolut nicht zufrieden. ›Ich weiß nicht‹, sagt er, ›ich weiß wirklich nicht, ob ich einer so schönen und gesunden Frau so etwas antun könnte.‹ *Gesund!* ›Es wäre einfach nicht *richtig*‹, sagt er, ›Ihnen die Wärme und Zuneigung Ihres Mannes zu rauben.‹ Inzwischen hatte er sich einen Brandy bestellt. Vor dem Essen hatte er schon drei Martinis, und er roch wie ein ganzer Schnapsladen. ›Verstehen Sie nicht, meine Liebe‹, sagt er, wobei er mit seinen fetten Fingern meine Taille betatscht, ›mir gefällt die Vorstellung einfach nicht, daß Sie so ganz allein ohne jede männliche Gesellschaft dort oben auf dem Land hocken. Ich möchte nun, daß Sie darüber nachdenken, und bitte sehr sorgfältig, sehr sehr sorgfältig, ob Sie diese Leere nicht von jemandem füllen lassen wollen, wenn Tom fort ist, von jemandem, der Ihnen beiden sehr nahe steht, von jemandem, der Verständnis hat.‹

Tja, inzwischen hatte *ich* vollkommen verstanden, und falls ich doch noch irgendwelche Zweifel gehabt hätte, dann klärten seine kleinen dicken Finger diese Frage endgültig. Ich bin dann irgendwie ein Stück von ihm fortgerutscht und habe praktisch vor lauter Erstaunen meine Zunge verschluckt. Ich meine, was soll man einem Mann wie ihm schon antworten? Er ist schließlich der *Chef* meines Mannes, um Himmels willen, der Herrscher über unser Schicksal, wenn man es so will. ›Ich bin sicher, es wäre kein Unglück‹, sagt er, ›und Tom müßte von der ganzen Sache ja auch nichts erfahren, und ein nettes Mädchen wie Sie braucht im Leben sowieso ein bißchen Abwechslung, was Männer betrifft, meinen Sie nicht auch?‹ Ich kann mich nicht mehr an so besonders viel von dem erinnern, was danach passiert ist, nur daß irgendwann der Kellner mit der Rechnung gekommen ist und daß ich wahrscheinlich einen Kopf hatte so rot wie Ketchup, und ich konnte nur noch daran denken, wieder in meinen Zug zu kommen und den ganzen Weg bis nach Hause zu zittern. ›Denken Sie darüber nach‹, sagte er, als wir wieder draußen auf der Straße standen, ›denken Sie wirklich sehr genau darüber nach, meine Liebe, denn es bedeutet für uns drei wirklich schrecklich viel. Und eines noch. Sie werden Tom gegenüber doch nichts davon erwähnen, nicht wahr? Sie wissen, was ich meine, meine Liebe?‹ Ja, ich wußte ganz genau, was er meinte.

Tja, das ist passiert, und jetzt verstehst du auch, wieso ich die letzten paar Wochen vor lauter Verzweiflung nicht mehr schlafen konnte. Natürlich *habe* ich Tom nichts davon erzählt. So ziemlich das Allerletzte, was wir brauchen, ist, daß Tom ihm eins auf die Nase gibt und fünf Jahre harte Arbeit einfach in den Wind wirft. Aber auf der anderen Seite, Karriere oder nicht, kann ich mir unmöglich vorstellen, Fattys geschäftlichen Vorschlag anzunehmen. Wenn ich das aber nicht tue ...« Martha zuckte nur mit den Achseln und leerte ihr zweites Glas.

»Meine Güte«, sagte Wendy. »Und was ist dann passiert? Was hast du Mr. Dunston geantwortet?«

»Ich muß wohl nicht noch deutlicher werden. Vor ungefähr zehn Tagen hat er mich wieder angerufen und mich wieder zum Mittagessen eingeladen, um dann die weiteren Einzelheiten zu besprechen. Ich sagte, ich wäre nicht interessiert, weder an dem Mittagessen noch an ihm. Ich habe keine Ahnung, was jetzt passieren wird, mit Tom, meine ich. Vielleicht nichts. Ich hoff's wenigstens«, sagte Martha niedergeschlagen. »Weiß der Himmel, ich wünsch's mir wenigstens.«

An diesem Abend holte sie Tom um sieben am Bahnhof in Bedford Heights ab, und sie konnte seine gedrückte Stimmung an seinen langsamen, schlurfenden Schritten vom Zug zum Auto erkennen.

»Schlechter Tag?« sagte sie leichthin. »Komm, laß den Kopf nicht so hängen. Ich war heute in der Stadt und habe nichts gekauft. Denk nur an all das Geld, das wir gespart haben.«

»Braves Mädchen«, brummte er leise und gab ihr einen Kuß auf die Nase.

Zu Hause mixte sie ihm einen Drink und beobachtete ihn dabei, wie er lustlos trank. Dann schaute er auf und sagte:

»Stell dir vor, der Alte hat heute die Einrichtung einer neuen Stelle bekanntgegeben. Sie haben einen neuen Titel geschaffen: Vizepräsident und Manager für sämtliche unserer Filialen. Großer Job, dickes Gehalt. Und weißt du auch, wer ihn gekriegt hat?«

»Wer?« sagte Martha.

»Graham«, sagte Tom. »Kannst du dir so was vorstellen? Erst zwei Jahre in der Firma. Vielleicht war er genauso überrascht wie wir anderen. Er ist jetzt bereits unterwegs zu seinem ersten Auftrag in unser Büro in Fort Worth. Graham«, sagte Tom und seufzte. »Dieser verdammte Glückspilz. Ich glaube, ich trinke lieber noch einen.«

»Sofort«, sagte Martha, stand mit klopfendem Herzen von ihrem Sessel auf. »Ich glaube, ich sollte Wendy kurz anrufen und ihr gratulieren.«

Sie wählte die Nummer. Das Telefon klingelte und klingelte und klingelte.

Reden ist Silber

Als ich Lawrence Flagweiler darum bat, mir einen geeigneten Herrenclub zu empfehlen, tat ich dies nicht in der Absicht anzudeuten, daß ich seinem eigenen beitreten wollte. Seit ich als sein Verkaufsleiter nach New York gekommen war, hatte ich besonders sorgfältig darauf geachtet, mich ihm persönlich nicht aufzudrängen. In meinem Alter ist ein Junggeselle ohne Familie häufig Ziel unerwünschten Mitgefühls und gut gemeinter, aber trotzdem halbherziger Einladungen. Als Fremder in der Stadt war ich jedoch bestrebt, einen ruhigen und ansprechenden Club zu finden, in dem ich die ereignislosen und entspannenden Abende genießen konnte, an die ich mich gewöhnt hatte. Mr. Flagweilers *Golden Club* klang sehr nach dem, was mir vorschwebte.

»Aber ich möchte Sie warnen«, sagte er. »Der *Golden Club* ist ein ziemlich ungewöhnlicher Ort. Vielleicht weist der Name ja schon ein wenig darauf hin.«

Tatsächlich erschien mir der Name recht prosaisch.

»Er ist abgeleitet von dem alten Axiom«, sagte er. »Über das Schweigen. Der Club nimmt das Schweigen sehr ernst, und vielleicht werden Ihnen einige seiner Restriktionen nicht gefallen. Zum Beispiel wechseln die Mitglieder des *Golden Club* niemals auch nur ein Wort miteinander.«

Ich lächelte und bemerkte, daß dies nicht untypisch wäre. Der *Athletic Club* in St. Louis war auch nicht gerade für die Geschwätzigkeit seiner Mitglieder berühmt gewesen.

»Ja«, sagte er, »aber ich fürchte, Sie werden die Standpunkte des Clubs zu diesem Thema sehr extrem finden. Die Statuten des Clubs stellen unzweideutig klar, daß jedes Mitglied schon für die Äußerung eines einzigen Wortes umgehend ausgeschlossen wird. In der zwanzigjährigen Geschichte des Clubs gab es elf Verstöße gegen diesen Grundsatz und elf Verweise. Ein Mitglied, wenn ich mich recht entsinne, war sein Name Finch, hatte die Angewohnheit einzudösen und im Schlaf zu sprechen. Zwei weitere wurden wegen Schnarchens hinausgeworfen. Ein sehr bedauerlicher Fall war der eines Mannes namens Crockmore, der bemerkte, daß einem anderen Mitglied ein Stück Glut von seiner Zigarre auf die Jacke gefallen war und im Begriff stand, sich in Brand zu setzen. Er stieß eine scharfe Warnung aus, und trotz der seiner Handlung zugrunde liegenden guten Absicht entschied der Vorstand des Clubs, ihn auszuschließen.«

»Nun, was hätte er denn tun sollen?« fragte ich.

»Der Vorstand entschied, daß eine Geste oder sogar eine handschriftliche Notiz genügt hätte, um das Opfer zu warnen. Jede Kommunikation ist schriftlicher Natur, einschließlich der Getränkebestellungen an die Kellner. Die übrigens genau wie alle Mitglieder ausnahmslos Hausschuhe tragen. Apropos, was trinken Sie?«

»Trinken? Nun, in der Regel Scotch.«

»Nicht on the rocks, wie ich hoffe. Der *Golden Club* gestattet kein Eis in den Drinks. Das Klingeln, Sie verstehen?«

Ich lachte. »Nun, ich denke, das ist geradezu ideal für einen Mann, der Ruhe und Frieden sucht. Ich wäre Ihnen ausgesprochen dankbar, wenn Sie mich zur Mitgliedschaft vorschlagen würden.«

Ich war überrascht zu erfahren, daß der *Golden Club* sich in der Midtown befand, in einem anonymen grauen Gebäude, an dem ich auf dem Weg ins Büro jeden Tag vorbeikam. Trotz des Verkehrslärms draußen schienen schon allein die Steine des Gebäudes von Schweigen durchzogen zu sein. Zwei Wochen später unterrichtete mich Mr. Flagweiler, daß meine Bewerbung um Mitgliedschaft angenommen worden sei und ich nach Zahlung eines recht angemessen erscheinenden Beitrags Mitglied des ruhigsten Clubs der Welt werden würde.

Mein erster Abend im Club war alles andere als entspannend. In der Garderobe erhielt ich ein Paar Hausschuhe und ließ meine Straßenschuhe in einem Fach zurück. Wie die Vereinsstatuten vorschrieben, trug ich weder Kleingeld noch mehr als einen Schlüssel in meinen Taschen. Es war mir verboten, eine Zeitung mit in die Räumlichkeiten zu bringen, was einem leidenschaftlichen Zeitungsleser wie mir doch wie eine recht harte Auflage vorkam, mußte dann allerdings zu meiner Freude feststellen, daß eine auf Stoff gedruckte Ausgabe der New York Times zur Lektüre bereitlag. Sinn der Sache war natürlich, das Rascheln des Zeitungspapiers zu vermeiden, genau wie das Tabu von Münzen und Schlüsseln das Klappern und Klingeln von Metall verhindern sollte.

Die Herrentoilette des Clubs schien erheblich eleganter als ihr Pendant in St. Louis zu sein, was das Ergebnis eines ungewöhnlich dicken Teppichbodens und mit schweren Behängen geschmückter Wände war; unter den Wandbehängen befand sich ein modernes Schallschlucksystem. Ich machte es mir auf einem samtweichen Sessel in der Nähe eines offenen Kamins bequem, in dem niemals ein Feuer brannte (das Knistern der Flammen), und schrieb meine Getränkebestellung (trockener Martini) mit einem Bleistift mit weicher Mine auf einen Block. Trotz ihres Schweigens bewiesen mir die anderen Mitglieder ihre Höflichkeit mit freundlichem Nicken. Nichtsdestoweniger bewirkte die Angst, auch nur die geringste Ruhestörung zu verursachen, daß ich ungewöhnlich angespannt war, und so war ich denn auch ziemlich erleichtert, auf meinem Nachhauseweg den Lärm der Stadt um mich zu haben.

Im Verlauf der ersten paar Wochen gewöhnte ich mich besser an die goldenen Regeln. Ich erfuhr zum Beispiel, daß ein plötzlicher Nieser oder ein Husten kein Anlaß zum Verweis war, auch wenn man dafür mißbilligende Blicke erntete. (Mitglieder allerdings, die unter Erkältungen litten, wurden eindringlich gebeten, bis zur Besserung ihres Zustandes auf ihr Erscheinen in den Clubräumlichkeiten zu verzichten.) Ich lernte, den hartnäckigen Drang zu überwinden, mich zu räuspern. Eines Tages ließ ich meine Pfeife fallen, doch sie fiel auf einen filzüberzogenen Tisch und machte daher kaum einen Laut. Wenigstens an drei Abenden die Woche bekam ich Mr. Flagweiler zu sehen, doch natürlich begannen wir nie eine Unterhaltung.

Erst etwa einen Monat nach meiner Aufnahme war mein Arbeitgeber bereit, mir von dem schockierendsten Ereignis der Clubgeschichte zu erzählen, ein Thema, das den Mitgliedern ganz offensichtlich immer noch Schmerzen bereitete.

Wie es schien, hatte es einmal zwei Geschäftspartner namens Sillforth und Hardy gegeben, von denen einer Engländer war, allerdings weiß ich nicht mehr, welcher. Jedenfalls, Sillforth geriet plötzlich in Geldschwierigkeiten und hatte seine Position als Leiter der Finanzabteilung der Firma dazu mißbraucht, Kapital auf eine Weise zu manipulieren, daß er sich damit bereicherte und seinen Partner auslaugte. An dem Tag, als Hardy dahinterkam, ging er in den Club und erschoß Sillforth.

»Allerdings«, sagte Mr. Flagweiler, »besaß er genug Anstand, wenigstens einen Schalldämpfer zu benutzen.«

Ich gestehe, daß diese Geschichte mein Interesse an den Club-Mitgliedern stärker denn je werden ließ, und so begann ich meine Abende damit zu verbringen, ihre ruhigen Gesichter zu studieren und Spekulationen über ihre Leben und Charaktere anzustellen. Meine eigene Mitgliedschaft konnte ich erklären, aber was erklärte ihre? Ich persönlich mochte Geräusche. Ich fand zum Beispiel durchaus nichts Störendes an dem leisen Summen einer Maschine. Musik gefiel mir. Das Klingeln von Eis war in meinen Ohren durchaus angenehm. Und vor allem anderen empfand ich den Klang der menschlichen Stimme als etwas äußerst Beruhigendes. Warum empfanden die anderen das nicht auch?

Schließlich wurde diese Frage so etwas wie eine Besessenheit. Es hatte keinen Sinn, Mr. Flagweiler zu fragen; möglicherweise würde er meine Frage nur als Klage aufgefaßt haben. Abend für Abend saß ich eingehüllt in der Stille des Clubs, starrte die Waldmotive der Wandteppiche an, interessierte mich nicht im geringsten für meine Stoffausgabe der New York Times, zermarterte mir das Hirn mit Fragen und Spekulationen und war mir, bis ich den Club schließlich wieder verließ, niemals absolut sicher, seit meinem Eintreten nicht taub geworden zu sein.

Im vierten Monat meiner Mitgliedschaft begann in mir der Verdacht zu keimen, daß mich der *Golden Club* in den Wahnsinn treiben würde. Jeden Abend kam ich in der

Hoffnung auf irgendeinen Zwischenfall herein, auf einen weiteren Mr. Finch (der Mann, der im Schlaf redete), einen weiteren Mr. Crockmore (den Feuerwehrmann), einen weiteren Mr. Hardy (den Mörder mit dem Schalldämpfer). Mehr und mehr war es mir unmöglich zu glauben, daß ungefähr dreißig Männer in Sprechweite voneinander entfernt sitzen und doch dieses unnatürliche Schweigen aufrechterhalten konnten. Ich wollte ihre Stimmen hören. Ich lechzte förmlich danach, das Schweigen zu brechen. Und schließlich verspürte ich immer wieder den beinahe unwiderstehlichen Reiz, es selbst zu brechen.

Da ich meine Gemütsverfassung kannte, wäre es besser gewesen, wenn ich einfach auf meine Mitgliedschaft im *Golden Club* verzichtet hätte. Doch ich ging immer wieder hin, aus Neugier und aus Faszination. An jenem Abend, an dem meine schlimmsten Befürchtungen Wirklichkeit wurden, hatte ich weder die leiseste Ahnung, was ich tun würde, noch eine Vorstellung davon, daß ich drauf und dran war, zum Zwischenfall Nummer zwölf in der merkwürdigen Geschichte des *Golden Club* zu werden.

Etwa gegen neun Uhr, nachdem ich den auf leisen Sohlen schleichenden Kellner mit einigen Getränkebestellungen (trockene Martinis) hin und her geschickt hatte, verstieß ich gegen das Erste Gebot des Clubs. Ganz ohne Frage ließ sich dies zum Teil dem Alkohol zuschreiben, aber es steckte noch mehr dahinter; es war dieses Nachgeben einem Verlangen gegenüber, das seit meinem ersten schweigsamen Abend in dem Ohrensessel vor dem Kamin ständig in mir gewachsen war. Ich stand auf, streckte die Arme in die Luft, öffnete den Mund und schrie:

»Iiiiii-jaaaaaaaaaaah!«

Natürlich hätte eine Bombe keine unerwartetere oder

elektrisierendere Reaktion hervorrufen können. Sie schauten mich mit ihren bestürzten Gesichtern an, und ihr Anblick trieb mich zu weiteren und größeren Anstrengungen.

»Huuu-hah!« brüllte ich. »Cockle-doodle-doo! Yuk-yuk-yuk-yuk-hah! Goombala-goombala! Wahoo! Yipee! Whee! Wha! Whoo!« Ich beendete diese Passage mit einer nicht ganz korrekten Version des Schreies, der durch Johnny Weismüller berühmt geworden war. Es war eine völlig überflüssige Geste, denn inzwischen wurde ich bereits flink von den rotgewandten Lakaien flankiert, die sich um unsere Bedürfnisse kümmerten. Mit merkwürdig gelassenen Mienen hoben sie mich tatsächlich vom Boden und trugen mich aus dem Raum. Ich machte ihnen keinerlei Schwierigkeiten, denn ich hatte noch nie eine Schwäche für körperliche Gewalt; ich wechselte meine Hausschuhe gegen meine Schuhe und verließ das Gebäude. Der Spaziergang zurück nach Hause in der kalten Abendluft wirkte ernüchternd, doch ich grinste weiterhin dümmlich jeden Taxifahrer an, der seine Reifen laut kreischen ließ, jeden Straßenjungen, der brüllte, und überhaupt jeden nur irgendwie Lärm veranstaltenden Menschen in Hörweite.

Natürlich hatte ich am nächsten Tag ein äußerst schlechtes Gewissen, ganz besonders wegen Mr. Flagweiler. Meine Arbeit machte mir Spaß, und ich war nicht direkt darauf versessen, nach St. Louis zurückzukehren, nachdem ich der Stadt so endgültig Lebewohl gesagt hatte.

Doch zu meiner größten Erleichterung stellte ich fest, daß Mr. Flagweiler äußerst verständnisvoll reagierte; ich war nicht der erste, der unter dem Druck des Schweigens im *Golden Club* versagte; mehrere der unglückseligen Elf hatten mehr oder weniger genau das gleiche getan.

»Ich mache Ihnen keinen Vorwurf«, sagte er. »Ich war viel zu voreilig, als ich direkt den *Golden Club* vorschlug. Es ist ein ganz besonderer Ort für Männer mit ganz besonderen Bedürfnissen. Aber ich frage mich, ob Sie mir wohl einen Gefallen tun würden? Könnten Sie sich heute abend um acht Uhr mit mir in der Vorhalle des Clubs treffen?«

Die Sache war mir völlig schleierhaft, doch ich sagte, daß ich liebend gern alles tun würde, um meinen Ausrutscher wiedergutzumachen.

Ich erschien pünktlich und traf Mr. Flagweiler, der am Eingang der Garderobe bereits auf mich wartete. Er führte mich zum Fahrstuhl und fuhr mit mir in den fünften Stock hinauf; ich hatte keine Ahnung, daß sich die Räumlichkeiten des Clubs so weit über das Gebäude erstreckten.

Als wir den Fahrstuhl verließen, führte er mich den Korridor hinunter zu einer Tür. Neben dieser Tür befand sich ein Schwarzes Brett, auf dem eine mit weißen Plastikbuchstaben geschriebene Ankündigung hing. Sie lautete: »DAMENABTEILUNG DES GOLDEN CLUB, Abendessen 19 Uhr 30.«

Langsam drückte er die schwere Tür auf. Der Raum war voller Frauen. Keine von ihnen bemerkte unser Eintreten, und der Grund dafür war leicht zu verstehen. Sie waren viel zu sehr damit beschäftigt, sich zu unterhalten. Sie schienen alle gleichzeitig zu reden. Es war unmöglich, Sprecherinnen von Zuhörerinnen zu unterscheiden. Das Gewirr ihrer Stimmen vermischte sich zu einer unglaublich schrillen Kakophonie, ein Geräusch, wie ich es weder vorher noch nachher je gehört hatte.

Voller Staunen schaute ich Mr. Flagweiler an, der die Tür erst wieder schloß, bevor er seine Erklärung abgab.

»Das sind ausnahmslos Frauen von Club-Mitgliedern«, sagte er traurig. »Einschließlich meiner eigenen, irgendwo in dieser schnatternden Horde. Manchmal sprechen wir von ihrer Abteilung als dem *Silver Club*. Und jetzt wissen Sie vielleicht, für welche Art von Männern der *Golden Club* geschaffen worden ist.«

»Ja«, sagte ich ernst. »Jetzt verstehe ich, Mr. Flagweiler.«

Gemeinsam kehrten wir ins Erdgeschoß zurück, und ich schaute ihm nach, wie er die Pforten des Clubraums betrat, hineinging an diesen Ort der absoluten Zurückgezogenheit, in diese Sicherheitszone des Schweigens.

Wie war das noch gleich?

Olin Mearns saß allein in dem behelfsmäßigen Klassenzimmer über dem Restaurant *El Greco* und vergrub sein Gesicht in den Händen. Er wußte, daß er diesen Tag nie mehr vergessen würde. Aber das war nicht weiter ungewöhnlich. Olins Beruf war es, sich Dinge zu merken und andere in dieser praktischen Kunst zu unterrichten. Er war ein Gedächtnistrainer, und in guten Zeiten zählte seine Klasse im Britt Building an der *42nd Street* zwanzig bis dreißig Schüler pro Semester. Er konnte in weniger als zehn Minuten nach Beginn des Kurses mit jedem Gesicht einen Namen in Verbindung bringen, ein Kunststück, das seine Schüler immer wieder beeindruckte.

Natürlich war der kleine Trick heutzutage erheblich leichter zu bewerkstelligen, da Olins Klassen sich nie mehr als nur fünf oder sechs Schüler rühmen konnten, eine Realität, die ihn gezwungen hatte, seine Adresse in der *42nd Street* gegen ein kleineres Quartier über dem griechischen Restaurant in der Downtown einzutauschen. (Das Bemerkenswerteste an seinem Kurs war der Duft von verbrennendem Olivenöl.) Eine dieser wenigen Schüler war Penelope Walz gewesen, die Ursache seines augenblicklichen Elends. Sie war gerade erst vierundzwanzig geworden (heute), und besaß ein Gesicht, das Olin nicht vergessen konnte, selbst wenn er sich die größte Mühe gab. Sie hatte eine Figur wie eine Sanduhr, wenn sie auch vielleicht in der Gegend der Sechs-Uhr-Marke ein wenig mollig war, und ein Gedächtnis wie ein Sieb hatte.

Es war diese letztgenannte Eigenschaft, die Penelope auf die kleine Anzeige aufmerksam gemacht hatte, die Olin regelmäßig in die *Daily News* setzte:

Nie mehr ein Gesicht vergessen! Nie mehr einen Namen vergessen! Nie mehr etwas vergessen, was für Ihren Beruf oder Ihren gesellschaftlichen Erfolg von entscheidender Bedeutung ist! In nur vier Wochen wird Olin Mearns, Ph. D., Ihnen helfen, ein perfektes Gedächtnis zu entwickeln!

Erst an diesem Morgen hatte Penelopes mangelhaftes Gedächtnis sie die vierte Sekretärinnenstelle in diesem Jahr gekostet. Sie arbeitete für einen Anwalt namens Nerdlinger, konnte sich jedoch nur selten an seinen Namen erinnern. An diesem Tag war Mr. Nerdlinger persönlich in die Kanzlei gekommen, und Penelope hatte gesagt: »Womit kann ich Ihnen helfen?« Sie war vier Monate dort gewesen. Als sie ging, vergaß sie sogar, ihren Gehaltsscheck mitzunehmen.

Die Wahrheit war, daß Olin nur sehr wenig für Penelopes Gedächtnisfähigkeiten hatte tun können. Ihre Begegnung war aus einem ganz anderen Grund bemerkenswert. Olin hatte sich in seinen neunundvierzig Lebensjahren zum ersten Mal leidenschaftlich und hoffnungslos verliebt. Penelope fühlte sich geschmeichelt genug, um trotz des Altersunterschieds, Olins eher durchschnittlicher Statur und der Tatsache, daß seine Haare nur noch Erinnerung waren, darauf zu reagieren. Es war sein Verstand, der sie beeindruckte, dieses gewaltige Lagerhaus von Fakten, das im Inneren seines nackten Glatzkopfes ruhte.

Doch irgend etwas an Penelopes Haltung war völlig anders, als er an diesem Nachmittag mit ihrem Geburtstagsgeschenk eintraf.

»Was ist denn los, meine Süße?« fragte Olin. »Gefallen dir die Rosen nicht?«

»Ein halbes Dutzend«, sagte Penelope säuerlich. »Stell sich das nur einer vor! Bringt ein halbes Dutzend Rosen!«

»Schätzchen, ich habe dir doch gesagt, daß ich meine Ausgaben im Auge behalten muß.«

»*Du* mußt sie im Auge behalten!« kreischte Penelope. »Und was ist mit mir? Weißt du eigentlich, daß sie die Miete für diese Wohnung um dreißig Dollar pro Monat erhöht haben? Weißt du eigentlich, wieviel Geld ich dem Lebensmittelgeschäft schulde? Was ist mit dem Darlehen, das du mir geben wolltest?«

Olin schluckte zweimal, wünschte sich, es gäbe gewisse Dinge, an die Penelope sich *nicht* erinnerte.

»Honey, Schätzchen, du weißt selbst, wie schlecht das Geschäft in letzter Zeit gelaufen ist. Für dieses Semester hat sich noch *kein einziger* Schüler angemeldet...«

»Und der Ring, den du mir kaufen wolltest?« sagte sie anklagend. »Was ist *daraus* geworden? Ehrlich, Olin, für einen Gedächtnistrainer hast du manchmal wirklich ein verdammt kurzes Gedächtnis!«

»Schätzchen, ich warte, bis die Geschäfte wieder etwas besser laufen. Es liegt an der Wirtschaft, die Leute glauben, Bildung wäre heutzutage ein Luxus...«

»Ich verstehe nichts von Luxus«, sagte Penelope frostig. »Ich weiß nur, daß ich auch nicht jünger werde. Und deshalb habe ich beschlossen, diesen Job anzunehmen, der mir von diesem Dings angeboten worden ist, bei dieser, na, Firma Soundso.«

Olin schnappte nach Luft. »Honey, Baby, du meinst doch wohl nicht diesen Job in Alaska? Wozu willst du dort oben zur Eissäule erstarren?«

»Dieser Dings hat gesagt, so kalt wär's dort gar nicht, nicht in, na, du weißt schon...«

»Juneau«, sagte Olin. Er versuchte seinen Arm um die Mitte der Sanduhr zu legen, und zuckte zusammen, als sie ihn einfach fortstieß.

»Tut mir leid«, sagte Penelope bestimmt. »Ein Mädchen muß auch an seine Zukunft denken, Olin, und du scheinst keine zu haben.«

Wie er jetzt allein in dem leeren Klassenzimmer saß, hörte Olin ein Echo dieser Feststellung in seinem Kopf. Es wurde zusammen mit den Hauptstädten dieser Welt, der Ruhmesliste der größten Werfer und Schläger des Baseballs und all den anderen Fakten, die ihm jetzt nutzlos und belanglos erschienen, Teil seines Gedächtnisspeichers.

Als es an der Tür klingelte, konnte er sich erst beim dritten Klingeln zum Handeln aufraffen. Doch Gewohnheit siegte über Trauer, und als er die Tür öffnete und das Gesicht des Mannes draußen sah, machte er sich sofort ein geistiges Foto seiner Gesichtszüge. Die buschigen, zusammengewachsenen Augenbrauen, das kantige, durch eine Narbe unnatürlich gespaltene Kinn, die schmalen Lippen, die gelblichen Augen, die vor lauter Mißtrauen niemals stillzustehen schienen. Und mit dem gleichen triumphierenden Gefühl, das er immer bei diesen Gelegenheiten empfand, erkannte Olin, daß er einen Namen mit dem Gesicht des Fremden in Verbindung bringen konnte. Er war sich nicht ganz sicher wieso, aber er wußte, daß sein Name Morgan Krebs lautete. »Mike Kingston«, sagte der Mann und stellte Olin damit vor ein Rätsel. »Ich habe Sie heute morgen angerufen, Mr. Mearns. Sie erinnern sich?«

»Oh«, sagte Olin. »Oh, ja, natürlich, Mr.... Kingston. Bitte, kommen Sie doch herein.«

Der Mann trat ein und schien erleichtert, die Tür endlich hinter sich geschlossen zu haben.

»Ich habe Ihre Annonce gelesen«, sagte er. »Die mit dem Gedächtnistraining.«

»Aha«, erwiderte Olin unbestimmt, immer noch verwirrt durch das Rätsel. Er vergaß niemals ein Gesicht, genausowenig den Namen, der dazu gehörte. Ließ er langsam auch noch in diesem Punkt nach, abgesehen davon, daß er sein Mädchen verlor und seine Karriere den Bach runterging? Doch dann, als Kingston es ablehnte, sich zu setzen, und statt dessen zum Fenster hinüberschlenderte, hatte Olin die Antwort. Kingston benutzte ein Pseudonym, und das war absolut kein Wunder. Der Name ›Morgan Krebs‹ hatte auf Fahndungsplakaten und in Zeitungsartikeln unter einem Bild dieses Gesichts gestanden (zwei verschiedene Ansichten).

»Die Sache ist folgende«, sagte Kingston. »Ich will nicht den ganzen Kurs nehmen. Mir fehlt leider die Zeit, verstehen Sie?«

»Nun... äh, an was dachten Sie dann?« fragte Olin.

»Eigentlich geht es nur darum, daß ich mich lediglich an eine bestimmte Sache erinnern muß«, sagte Kingston. Er warf einen verstohlenen Blick aus dem Fenster auf die Straße. Ob er nun dachte, jemand würde ihm folgen, oder ob es allein die Macht der Gewohnheit war, konnte Olin nicht sagen.

»Nur eine einzige Sache«, wiederholte Olin. »Ich fürchte, ich verstehe nicht ganz.«

»Sie verstehen nicht? Ich habe etwas vergessen, und seitdem kann ich mich einfach nicht mehr daran erinnern. Das beunruhigt mich. Ich meine, also, genaugenommen beunruhigt es mich sogar sehr. Ich dachte mir, ein Bursche, der sich mit dem Gedächtnis auskennt, der müßte doch eigentlich auch wissen, wie ich mich wieder erinnern kann. Nun, habe ich recht oder nicht?«

Der Mann machte Olin nervös, aber er war der einzige potentielle Schüler, den Olin seit Wochen zu sehen bekommen hatte.

»Nun«, sagte er vorsichtig, »ich bin nicht sicher, ob Sie verstehen, worum es in meinem Training geht, Mr. Krebston.«

»Kingston.«

»Kingston, ja. Wissen Sie, ich bringe den Leuten bei, wie sie ihr Gedächtnis entwickeln können, wie sie die Techniken der Assoziation, Korrelation und Assimilation gewinnbringend für sich verwenden können.« Das Gesicht des Mannes erinnerte an ein leeres, weißes Blatt Papier. Olin fuhr müde fort: »Wenn Sie mir vielleicht ein wenig mehr über diese Sache erzählen würden...«

»In Ordnung«, sagte Krebs. »Wissen Sie, vor ein paar Tagen habe ich, äh, ein paar persönliche Dinge in einem dieser neuen Schließfächer im Bahnhof deponiert. Sie wissen schon, eines dieser Schließfächer, zu denen man keinen Schlüssel bekommt. Es ist eines dieser Schließfächer mit einem Kombinationsschloß, wissen Sie?«

Olin nickte, war fasziniert von der nervösen Art des Mannes und seinen unruhigen Augen.

»Tja, das war ziemlich blöd, wissen Sie, weil ich nämlich gegangen bin und die Nummer sofort wieder vergessen habe. Ich meine, ich hatte natürlich einen Zettel mit der Schließfachnummer und der Kombination, aber den habe ich verloren, als es mir zu heiß wurde. Äh, das Wetter, meine ich natürlich«, sagte er schnell. »Ich meine, als ich einen leichteren Sommeranzug angezogen habe, wissen

Sie?« Olin nickte immer noch. »Seitdem versuche ich, mich an diese Zahlen zu erinnern, ich meine, ich werde noch ganz verrückt dabei, mich an die Zahlen zu erinnern, so wichtig ist das für mich. Verstehen Sie?«

Olin sagte: »Nun, wenn Sie vielleicht mit jemandem sprechen würden, mit einem Angestellten der Eisenbahn oder der Firma, die diese Schließfächer herstellt...«

»Vergessen Sie's«, sagte Kingston kategorisch, übersah dabei Olins Beruf. »Das ist etwas, was ich auf keinen Fall tun kann, fragen Sie mich nicht, wieso. Ich muß mich an diese Zahlen erinnern, und ich muß diese, äh, persönlichen Dinge unbedingt aus dem Schließfach holen. Also, was ich von Ihnen erwarte, ist nun, Professor, daß Sie mir dabei helfen, kapiert?«

Olin kapierte nur zu gut. Offensichtlich legte Mr. Morgan Krebs einen ziemlichen Wert auf diese, äh, persönlichen Dinge. »Nun, das ist etwas ungewöhnlich«, sagte er. »Ich meine, ich bin nicht sicher, ob meine besonderen Techniken dem Gedächtnis genausogut *auf die Sprünge helfen* können wie sie dazu geeignet sind, es grundsätzlich zu verbessern.«

Krebs, der seine Hand auf das Springrollo gelegt hatte, schlug mit einer ungeduldigen Geste dagegen.

»Können Sie mir helfen oder nicht?«

»Vielleicht, vielleicht«, sagte Olin schnell. »Ich meine, die grundlegenden Prinzipien dürften eigentlich die gleichen sein. Aber ich bin nicht sicher, ob ich auch Erfolg haben werde.«

»Ich bezahle Sie auf jeden Fall, ob's nun klappt oder nicht«, sagte Krebs. »So oder so werde ich Ihnen die volle Gebühr für Ihren Kurs zahlen. Das sind hundertfünfzig Bucks, stimmt's?«

»Ja.«

»Okay, ich zahle Ihnen einen Hunderter und fünfzig Mäuse, nur wenn Sie es versuchen. Und falls Sie es schaffen, daß ich mich wieder an diese Zahlen erinnern kann, Professor, kriegen Sie von mir auch noch einen Bonus. Ich meine, einen schönen dicken Bonus.«

Olin schien über den Vorschlag nachzudenken. Tatsächlich war er längst damit einverstanden.

»Ja«, sagte er schließlich. »Ich kann's nur versuchen.«

Er sagte Krebs, daß der Privatunterricht am nächsten Morgen beginnen würde.

Kaum war sein Schüler gegangen, hechtete Olin auch schon zum Telefon.

»Penelope?« sagte er. »Ich muß dich unbedingt sehen. Da ist etwas, was ich dir sagen muß.«

»Die Namen aller Präsidenten und Vizepräsidenten? Kein Interesse, vielen Dank.«

»Du verstehst nicht. Es geht um etwas, was passiert ist und sehr wichtig sein könnte...«

»Ich gehe jetzt schlafen«, sagte Penelope zu ihm. »Ich muß morgen früh raus. Ich treffe mich mit Mr. Dingsbums, wegen dieser, wie heißt es noch schnell. Wegen diesem Job. In Alaska.«

»Gib mir nur ein bißchen Zeit«, flehte er sie an. »Nur noch ein paar Tage.«

»Vergiß mich einfach«, sagte sie. »Dich hab ich auch schon vergessen, Harlan.«

»Olin«, sagte er kläglich und hörte das Klicken, als sie den Hörer auflegte.

Als Krebs am folgenden Morgen kam, pünktlich zur verabredeten Zeit, schien er nichts davon zu bemerken, daß sein Lehrer in der vergangenen Nacht nur zwei Stunden geschlafen, den Rest seiner normalen Schlafenszeit damit verbracht hatte, Bücher zu überfliegen, von denen er sich die meisten bereits eingeprägt hatte. Aber Olin hatte kein narrensicheres System gefunden, bereits vergessene Fakten wieder ans Licht zerren zu können.

Er würde einfach improvisieren müssen.

»Wir werden es zuerst mit einer Technik namens Assoziation versuchen«, sagte er seinem Schüler. »Jede Erinnerung steht in Beziehung zu anderen Erinnerungen, und wenn es uns gelingt, eine Verknüpfung zwischen ihnen herzustellen...«

»Was immer Sie sagen, Professor.«

»Versuchen Sie mir zu erzählen, was Sie an dem Tag gemacht haben, als Sie diese, äh, persönlichen Dinge in das Schließfach gelegt haben.«

»Kann mich nicht mehr erinnern.«

»Erinnern Sie sich noch, was Sie *gedacht* haben, als Sie diese, äh, Dinge eingeschlossen haben?«

»Vergessen Sie, was ich gedacht habe«, sagte Krebs unterkühlt. »Sagen Sie mir einfach, wie ich mich wieder an diese Zahlen erinnern kann.«

»In Ordnung. Schließen Sie jetzt bitte Ihre Augen und stellen Sie sich vor, wie Sie diese, äh, persönlichen Dinge in das Schließfach legen.« Kingston schloß seine Augen. »Was sehen Sie?«

»Nichts. Es ist zu dunkel.«

»Können Sie die Umrisse des, äh, Dings erkennen, das Sie in das Schließfach legen?«

»Ja, ich kann mich an seine Umrisse erinnern. Es ist ein kleiner schwarzer Kof–« Er riß seine Augen wieder auf. »Vergessen Sie, wie es ausgesehen hat, Professor. Ich weiß, wie es ausgesehen hat. Was ich wissen will ist, *wo* es ist.«

»Können Sie sich wenigstens an *eine* der Ziffern erinnern?«

»Was ist eine Ziffer?«

»Können Sie sich wenigstens an *eine* der Zahlen erinnern? An eine Null, eine Eins, Zwei, Drei oder Vier?«

»Ja«, sagte Kingston.

»Welche ist es, welche ist es?« fragte Olin aufgeregt. »Können Sie sich erinnern, welche dieser Zahlen es war?«

»Es war entweder eine Null, eine Eins, eine Zwei, eine Drei oder eine Vier. Allerdings weiß ich nicht mehr, ob es die erste, zweite, dritte oder letzte gewesen ist.«

Olin lehnte sich mit einem tiefen Seufzer zurück.

An diesem Abend rief er wieder Penelope an.

Sie sagte: »Wie sagten Sie noch gleich ist Ihr Name?«

Am nächsten Tag sagte Olin zu seinem Schüler: »Heute werden wir es mit einem Wort-Assoziations-Test versuchen. Obwohl ich vermute, daß ich eher einen Zahlen-Assoziations-Test meine.«

Ohne große Hoffnung auf Erfolg begann er eine lange Liste vierstelliger Zahlenkombinationen herunterzulesen. Bei jeder stieß Kingston entweder ein gebrummtes Nein aus oder zuckte lediglich mit den Achseln. Schließlich, nachdem sie sich zwei Stunden damit beschäftigt hatten, wurde der Schüler so müde, daß er sich auf Olins Sofa ausstreckte und seine Augen schloß.

»9918«, sagte Olin mit heiserer Stimme.

Kingston gab ihm keine Antwort. Er war eingeschlafen.

Statt sie anzurufen, ging Olin an diesem Abend zu Penelopes Wohnung. Sie war gerade beim Packen.

»Geh endlich, Nolan«, sagte sie. »Ich reise dieses Wochenende ab. Mr. Hammerschmidt kommt mich Samstagmorgen abholen.«

»Wer?« sagte Olin, den rasende Eifersucht durchzuckte, als er zum ersten Mal den Namen ihres neuen Arbeitgebers hörte.

»Mr. Hammerschmidt«, sagte Penelope. »Er arbeitet in der Pharma-Branche.«

»Ein Apotheker?«

»Er ist kein Apotheker. Er will oben in Alaska eine ganze Kette von Apotheken aufmachen, und ich werde seine persönliche Sekretärin.« Sie wurde weich, als sie Olins bekümmerte Reaktion bemerkte. »Tut mir wirklich leid, ehrlich. Aber ich habe dir doch schon mal gesagt, daß ich an meine Zukunft denken müßte, erinnerst du dich?«

»Ich erinnere mich, ja«, sagte Olin ohne jeden Stolz.

Am nächsten Tag machte er mit Krebs eine Exkursion. Sie gingen zusammen zum Bahnhof und versuchten die äußeren Begleitumstände nachzustellen. Krebs warnte Olin, daß er genau das selbst schon versucht hätte, daß er stundenlang die Reihen der Schließfächer abgegangen wäre, und immer ohne Erfolg.

Olins Ermunterung nützte nichts. Krebs konnte sich einfach nicht mehr erinnern.

Es begann hoffnungslos auszusehen.

Als er an diesem Abend verschiedene Abhandlungen über das Gedächtnis überflog, die er bislang für wertlos oder unbrauchbar gehalten hatte, empfand Olin ein tiefes Gefühl der Mutlosigkeit, wie er es noch nie erlebt hatte.

Und dann half ihm Sigmund Freud weiter.

Er hatte bislang nicht versucht, die *Gründe* hinter Krebs' Vergeßlichkeit zu analysieren. Doch während er nun nochmals Freud und seine Arbeiten über die Theorie des Unbewußten las, wurde er sich plötzlich bewußt, daß Morgan Krebs sich wegen dem, was auch immer er versteckt hatte, *schuldig* fühlte, ein schlechtes Gewissen hatte. Das war's! Er *wollte* sich nicht mehr an die Zahl erinnern.

Aber wie sollte er die Barriere überwinden, die Krebs selbst aufgerichtet hatte? Olin war kein Analytiker. Er konnte Krebs nicht unter Hypnose dazu bringen, den Deckel von der Wahrheit zu ziehen, den er selbst darauf gelegt hatte. Wodurch konnte er ihn zur Kooperation bewegen?

Dann dämmerte es ihm.

Drogen!

Als Penelope hörte, was er vorhatte, schnappte sie nach Luft.

»Olin, so etwas könnte ich niemals tun!«

»Du könntest alles tun, wenn du es nur versuchen würdest«, sagte Olin, streichelte dabei ihren Arm. »Du brauchst dir lediglich den Namen zu merken. Natrium-Pentathol. Du brauchst ihn dir nicht mal einzuprägen – ich werde ihn dir aufschreiben, Honey, Schätzchen. Und du kannst deinem netten Freund, diesem Mr. Hammerschmidt, sagen, daß du einfach unbedingt etwas davon haben *müßtest*, denn andernfalls könntest du unmöglich mit ihm nach Alaska gehen.«

»Aber was hast du damit *vor*?«

»Ich werde Mr. Krebs *helfen*, meine Süße, ich werde meinem Patienten helfen – ich meine natürlich, meinem Schüler –, sich an etwas sehr, sehr Wichtiges zu erinnern. Und wenn er sich erinnert, wird für uns beide alles von Grund auf anders werden.«

»Ich verstehe nicht, wie das gehen sollte«, sagte Penelope. Aber er konnte sehen, wie sie schwankte.

Penelope hatte erstaunlich wenig Probleme, das Medikament von Mr. Hammerschmidt zu bekommen. Ganz offensichtlich reichte die Drohung, ohne ihren warmen Sanduhr-Körper in das kalte Alaska gehen zu müssen, völlig aus, um ihn zu veranlassen, das Medikament ohne allzu viele Fragen herauszurücken.

Am Freitagmorgen, am Tag vor dem geplanten Abflug nach Juneau, rief Olin sie aus seinem Büro an und sagte ihr, sie solle sich für aufregende neue Entwicklungen bereithalten.

Als Krebs sein Büro betrat und erfuhr, was der Professor vorhatte, wurde er schlagartig kreidebleich.

»Ich mag keine Spritzen!« sagte er kategorisch.

»Kein Grund zur Beunruhigung«, sagte Olin. »Ich war Sanitäter bei der Army. Ich habe Tausende von Spritzen gesetzt und nie auch nur einen einzigen Patienten verloren.« Er schenkte Krebs ein Lächeln mit viel Zahn, das den Mann beruhigen sollte.

Krebs sträubte sich weitere fünfzehn Minuten, doch dann, angespornt durch Olins Versprechungen, unmittelbare Ergebnisse zu erhalten, gab er schließlich nach.

Olin gab ihm die Injektion.

Er hatte noch nie zuvor ein ›Wahrheitsserum‹ verabreicht, aber er hatte genug Filme gesehen, um zu wissen, daß er seine Versuchsperson jetzt bitten sollte, bei Hundert beginnend langsam rückwärts zu zählen. Krebs setzte eine finstere Miene auf, sagte: »Nee« und schlief prompt ein.

Einen Augenblick lang dachte Olin schon, sein Plan wäre fehlgeschlagen, doch dann rührte Krebs sich und sagte: »Ich bin's nicht gewesen, Officer.«

Olin beugte sich über das Sofa und sagte: »Mr. Kingston, hören Sie mir jetzt genau zu.« Als Antwort erhielt er einen Schnarcher. »Morgan!« sagte er laut. »Morgan Krebs! Hören Sie mir zu!«

»Ja, was ist?« sagte sein Schüler gereizt. »Was wollen Sie denn?«

»Ich will, daß Sie sich an etwas erinnern, Morgan Krebs! Ich will, daß Sie sich an den Tag erinnern, an dem Sie mit einem kleinen schwarzen Koffer in der Hand in den Bahnhof gegangen sind! Erinnern Sie sich daran?«

»Na und?« sagte Krebs feindselig, während seine Augen immer noch geschlossen waren.

»Sie *erinnern* sich also, nicht wahr, Morgan? Sie wußten, daß die Polizei Ihnen auf den Fersen war!«

»Dreckige Spitzel-Schweine!« brüllte Morgan, trat mit seinen Beinen gegen die Lehnen des Sofas.

»Sie sind zu den Schließfächern gegangen, Morgan, nicht wahr? Sie haben sich ein Schließfach ausgesucht, und Sie haben die Geldmünzen in den Schlitz geworfen, und Sie haben den kleinen Koffer dann hineingestellt. Ist das richtig?«

»Ja. Ich mußte das Ding loswerden. Sie waren hinter mir her!«

»Dann haben Sie den Aufbewahrungszettel genommen, nicht wahr, Morgan? Was haben Sie damit gemacht? Haben Sie ihn fortgeworfen, damit die Cops ihn niemals finden konnten?«

»Ja!«

»Das bedeutet, Sie haben sich die Zahlen auf dem Schein eingeprägt, ist das richtig? Sie dachten, Sie würden sich später ohne Schwierigkeiten an diese Zahlen erinnern können, nicht wahr?«

»Ja! Jeder kann sich doch ein paar Zahlen merken!«

»Natürlich kann man das, Morgan! Tatsächlich können

Sie sich jetzt in diesem Augenblick auch wieder an sie erinnern!«

»Nein ... kann ich nicht!«

»Sie *können*«, sagte Olin, leckte sich kurz über seine trockenen Lippen. »Sie müssen nichts anderes tun, als nur einen kurzen Blick auf diesen Aufbewahrungsschein zu werfen – sehen Sie den Schein in Ihrer Erinnerung an! – und Sie können diese Zahlen klar und deutlich erkennen. Das können Sie doch, Morgan? Klar und deutlich!«

Krebs' Gesicht begann feucht zu werden. Schweißperlen hatten sich auf der Narbe an seinem Kinn gebildet.

»Ja«, sagte er. »Ja. Klar und deutlich!«

Jetzt begann Olin selbst zu schwitzen.

»Sie sehen sie, Morgan? Sie *sehen* diese Zahlen?«

»Ja, ich sehe sie!«

»Wie lauten sie? Welche Zahlen sind es?«

Ein Lächeln spielte um Krebs' schmale Lippen.

»Fünf, null, eins, eins«, sagte er verträumt. Sein ganzer Körper schien sich zu entspannen. »Schließfach Nummer fünf null eins, eins, Kombination Nummer zwei, zwei, fünf.«

Ein tiefer Frieden schien sich über den Mann auf dem Sofa zu legen. Er war so zufrieden, daß er wieder einschlief. Aber seine Zufriedenheit war nichts im Vergleich mit Olin Mearns triumphierendem Gefühl. Tatsächlich war Olin dermaßen begeistert, daß er beschloß, Penelope Walz auf der Stelle anzurufen, während Kingston noch lächelnd auf seinem Sofa vor sich hin schnarchte.

»Du gehst nicht nach Alaska, Sugar Baby«, sagte er. »Du gehst nach Palm Beach, Florida, wo es schön und warm ist. Du wirst mit deinem Olin in der Sonne liegen und schwarz wie eine Negerin werden.«

»Florida!« sagte Penelope. »Oh, Marlon, wäre das nicht wunderbar! Aber wie kannst du dir das leisten?«

»Pack deine Koffer noch mal«, sagte er leise lachend. »Allerdings pack dieses Mal für warmes Klima, Schätzchen.«

Eine Stunde später wurde Krebs wach und setzte sich auf. »Was ist passiert?« sagte er erschöpft. »Was ist passiert, Professor?«

Olin sah ihn traurig an und schüttelte den Kopf.

»Tut mir wirklich sehr leid, Mr. Kingston. Das Natrium-Pentathol war meine letzte Hoffnung, und ich fürchte, es hat versagt.«

»Sie haben es nicht geschafft, daß ich mich an diese Zahlen erinnere?«

»Nein«, sagte Olin. »Es hat einfach nicht funktioniert. Aber eine gute Neuigkeit habe ich für Sie.«

»Und die wäre?«

»Ich berechne Ihnen nur die Hälfte meines Honorars«, sagte Olin selbstgefällig. »Ich finde, das wäre nur fair.«

Krebs ließ seine kräftigen Schultern so tief sinken, daß er beinahe klein und schwach aussah.

Nachdem Krebs das Büro verlassen hatte, wartete Olin eine Stunde. Er hatte es nicht eilig. Er machte sich nicht mal die Mühe, die Zahlen aufzuschreiben. Er wußte, daß er seinem Gedächtnis vertrauen konnte. Er hatte es schon immer getan. Und wieder einmal war er stolz auf seine Fähigkeit, war wieder zuversichtlich, was seine Zukunft betraf.

Die Polizei fand Penelopes Namen und Adresse in Olin Mearns Notizbuch, was erklärte, wieso sie sie an diesem Abend aufsuchten.

»Aber ich verstehe nicht«, jammerte sie. »Wie konnte Olin nur so etwas zustoßen?«

»Wir hatten gehofft, daß Sie es uns vielleicht erklären könnten, Miss Walz. Wieso hat er dieses Schließfach geöffnet? Und als er es getan hat, wieso hat er dann diese Tasche herausgenommen? Wissen Sie das?«

»Es war nicht *sein* Schließfach«, schluchzte Penelope. »Es gehörte einem seiner Schüler – einem Mann namens Tibbs. Nein, es klang mehr wie Crabs.«

»Krebs? Morgan Krebs?«

»Ja, das war der Name. Was war denn überhaupt in diesem Koffer?«

»Etwas, wovon Krebs nicht wollte, daß es ein Kontrolleur fand, wenn er das Schließfach öffnete. Normalerweise deponierte er diese kleinen Prachtstücke immer in Büros der Telefongesellschaft, wenn niemand mehr arbeitete. Er hat einen Haß auf die Telefongesellschaft, aber er wollte nie jemanden *umbringen*.«

»Jemanden umbringen? Sie wollen sagen, er war so was wie ein *Killer*?«

»Wirklich zu schade, daß Ihr Freund sich nicht mehr erinnert hat, wer Krebs wirklich war. Denn wenn er es getan hätte, dann wäre er jetzt nicht über den ganzen Bahnhof verschmiert. Er hätte daran denken sollen, wie die Zeitungen Morgan Krebs genannt haben.«

»Wie denn?«

»Den verrückten Bombenleger aus der Bronx.«

Henry Slesar
im Diogenes Verlag

Mord in der Schnulzenklinik
Roman. Aus dem Amerikanischen von Jobst-Christian Rojahn. Leinen

Coole Geschichten für clevere Leser
Deutsch von Thomas Schlück. detebe 21046

Fiese Geschichten für fixe Leser
Deutsch von Thomas Schlück. detebe 21125

Schlimme Geschichten für schlaue Leser
Deutsch von Thomas Schlück. detebe 21036

Das graue distinguierte Leichentuch
Roman. Deutsch von Paul Baudisch und Thomas Bodmer. detebe 20139

Vorhang auf, wir spielen Mord!
Roman. Deutsch von Thomas Schlück
detebe 20216

Erlesene Verbrechen und makellose Morde
Geschichten. Deutsch von Günter Eichel
Vorwort von Alfred Hitchcock. Zeichnungen von Tomi Ungerer. detebe 20225

Ein Bündel Geschichten für lüsterne Leser
Deutsch von Günter Eichel. Vorwort von Alfred Hitchcock. Zeichnungen von Tomi Ungerer. detebe 20275

Hinter der Tür
Roman. Deutsch von Thomas Schlück
detebe 20540

Aktion Löwenbrücke
Roman. Deutsch von Günter Eichel
detebe 20656

Ruby Martinson
Geschichten vom größten erfolglosen Verbrecher der Welt. Deutsch von Helmut Degner
detebe 20657

Böse Geschichten für brave Leser
Deutsch von Christa Hotz und Thomas Schlück. detebe 21248

Die siebte Maske
Roman. Deutsch von Gerhard und Alexandra Baumrucker. detebe 21518

Frisch gewagt ist halb gemordet
Geschichten. Deutsch von Barbara und Jobst-Christian Rojahn. detebe 21577

Das Morden ist des Mörders Lust
Sechzehn Kriminalgeschichten. Deutsch von Barbara Rojahn-Deyk und Jobst-Christian Rojahn. detebe 21602

Meistererzählungen
Deutsch von Thomas Schlück. detebe 21621

Rache ist süß
Geschichten. Deutsch von Ingrid Altrichter
detebe 21944

Das Phantom der Seifenoper
Erzählungen. Deutsch von Jobst-Christian Rojahn und Edith Nerke. detebe 22409

Teuflische Geschichten für tapfere Leser
Deutsch von Jürgen Bürger. detebe 22460

Charlotte Armstrong
im Diogenes Verlag

Schlafe, mein Kindchen
Roman. Aus dem Amerikanischen von Nikolaus Stingl
detebe 21601

Die sanfte Stimme des Bösen
Roman. Deutsch von Brigitte Mentz
detebe 21761

Die Welt steht kopf
Kriminalgeschichten. detebe 21863

Ein Schluck Gift
Roman. Deutsch von Hansjürgen Wille
und Barbara Klau
detebe 21963

Cyril Hare
Tragödie im Gerichtssaal

Roman. Aus dem Englischen
von Robert Picht. detebe 21638

Anonyme Drohbriefe, Pakete mit toten Mäusen, selt-
sames Konfekt werden Sir William Barber, dem Straf-
richter, ins Haus geschickt, Gas strömt plötzlich in
sein Schlafzimmer, und schließlich wird im Dunkeln
seine Frau mit ihm verwechselt und niedergeschlagen.

»Cyril Hare (1900–1958) war Jurist und begann seine
Karriere in einem Anwaltsbüro, das viele große Krimi-
nalfälle zu behandeln hatte. Er hat es verstanden, etwas
Neues in diesem Genre zu bringen...«
Luzerner Neueste Nachrichten

Shirley Jackson
im Diogenes Verlag

Wir haben schon immer im Schloß gelebt

Roman. Aus dem Amerikanischen von
Anna Leube und Anette Grube. detebe 21925

Wie man einen Hexentrank braut:
Man nehme
»eine seltsame, gruselige Geschichte und die Zutaten
Haß und Angst in verzauberter Umgebung«*
Dann füge man hinzu
»zwei Schwestern, in psychotischer Einsamkeit mit
einem alten Onkel in einem großen Haus
auf einem Hügel«**
Und schmecke ab mit
»einem Hauch sanften Wahnsinns und einer ganz
speziellen Art von Zauberei und Verführung«***
Resultat
dieses Buch, ein Gebräu aus unwiderstehlichem
Grausen und anhaltender Faszination,
das garantiert *Sie* zum nächsten Opfer macht.
**Publishers Weekly* ***Newsweek*
****Virginia Kirkus Bulletin*

»Das Buch geht unter die Haut. Die gespenstische At-
mosphäre, in der die beiden Schwestern und der halb-
verrückte Onkel leben, ist so beklemmend geschildert,
daß man von der Lektüre nicht mehr loskommt, bis
man endlich die letzte Seite erreicht hat.«
Frankfurter Rundschau

Die Teufelsbraut

25 dämonische Geschichten. Deutsch
von Anna Leube und Anette Grube. detebe 22446

Die Teufelsbraut oder *Die Abenteuer des James Harris*,
wie dieser Band auch heißen könnte, ist eine Sammlung kurzer, merkwürdiger Geschichten über die dunk-

le Seite der menschlichen Natur. Geschichten über Wahnsinn, unglückliche Liebe und Angst, beklemmend leise und alle auf rätselhafte Weise zusammenhängend – von der ersten bis zur berühmten letzten *Die Lotterie* jede ein kunstvolles, behexendes Meisterwerk.

»Die Elemente der klassischen Schauergeschichte mischt sie geschickt mit den Erkenntnissen der modernen Psychologie. Man möchte noch viel mehr von ihr lesen.« *Frankfurter Allgemeine Zeitung*

»In Shirley Jacksons Büchern gibt es weder Roheit noch Brutalität, keine wirklichen Schurken und keine echten Engel. Auf ganz leisen Katzenpfoten kommt das Grauen, und nur kurz hebt sich der Nebel über der Grenze zwischen sanftem Wahn und harter Wirklichkeit. Die Erzählungen sind erstaunlich.«
Brigitte, Hamburg

»Sie wurde zu Recht mit dem Edgar-Allan-Poe-Preis ausgezeichnet.« *Süddeutsche Zeitung, München*

Joan Aiken
im Diogenes Verlag

Wie es mir einfällt
Geschichten. Aus dem Englischen von Irene Holicki
Leinen

Ein Reihe gruseliger, romantischer und phantastischer
Erzählungen sind mit der gewohnt sicheren Hand und
dem makabren Sinn für Humor geschrieben, die man
an Joan Aiken so schätzt. Riesenfalter und dreieckige
Risse in einem grünen Himmel… ein unsichtbarer
Tempeltiger, der Menschen verspeist… ein verkannter
Schriftsteller, der noch aus dem Jenseits seine eigene
Publicity betreibt… oder der Alptraum eines Näh-
maschinenvertreters, der sich von einer Riesennäh-
maschine verfolgt und aufgespießt sieht. Oder die Titel-
geschichte: Ein Mann leidet an nervöser Erschöpfung
und merkt plötzlich, daß seine Wunschgedanken im
Handumdrehen in Erfüllung gehen. Er bringt so eine
Stadt an den Rand des Chaos.
Eine verblüffende Sammlung für Kenner und alle, die
es genießen, wenn ihnen ein leichter Schauer über den
Rücken läuft.

»Sie besitzt fürwahr die Fähigkeit, ihre Leser das
Gruseln zu lehren.« *Irish Times, Dublin*

»Joan Aiken erweist sich als Meisterin im Darreichen
süßer Pralinen, die mit Arsen gefüllt sind.«
Frankfurter Rundschau

Fanny und Scylla
oder Die zweite Frau
Roman. Deutsch von Brigitte Mentz
Leinen

»In ein englisches Spukhaus des 18. Jahrhunderts und
das bunt-grausame Indien der Maharadschas führt

Publikumsliebling Joan Aiken in ihrem neuen aufregenden Roman *Fanny und Scylla*...
Joan Aiken verfügt, wenn man so will, über eine fast ausgestorbene Meisterschaft: Die Kunst, ungetrübtes Lesevergnügen zu bereiten.« *buch aktuell*

»Joan Aiken besitzt ein seltenes Erzähltalent, in dem sich psychologischer Scharfblick mit der Gabe vereinigt, den heutigen Leser in Spannung zu halten, obwohl die Handlung in eine ferne Vergangenheit führt.« *Die Furche, Wien*

Schattengäste
Roman. Deutsch von Irene Holicki
Leinen

»Eine Meisterin der Schauerromantik? Mehr noch, eine begnadete Erzählerin, die das Un-Begreifliche, das Un-Faßbare aus vergangenen und modernen Zeiten in mitreißende Geschichten packt, die ohne große Sentimentalität und falsches Spektakel auskommen. Joan Aikens *Schattengäste* ist ein wunderbares Buch über die unheimlichen Dinge des Lebens und wie man über einen Verlust zurück ins Leben findet.«
science fiction media, München

Du bist Ich
Die Geschichte einer Täuschung
Deutsch von Renate Orth-Guttmann
detebe 22429

Man schreibt das Jahr 1815. In einem feinen Mädchenpensionat in England stellen Alvey Clement und Louisa Winship fest, daß ein einzigartiges Band sie eint. Zwar stammen sie aus sehr unterschiedlichen Gesellschaftsschichten und sind vom Temperament her ganz verschieden, aber vom Aussehen her *sind sie sich völlig gleich*. Dieser überraschende Zufall paßt der verwöhnten Louisa sehr gut ins Konzept.

»Wie Patricia Highsmith versteht es Joan Aiken, eine Geschichte langsam anlaufen zu lassen und sie mit unerbittlicher Hand zum dramatischen Knoten und dessen Auflösung zu führen.« *Die Presse, Wien*

Das Mädchen aus Paris
Roman. Deutsch von
Nikolaus Stingl. detebe 21322

Wohin sie geht, zieht Ellen Paget Liebhaber an: den ambivalenten Professor Bosschère in Brüssel, den unberechenbar-eigenwilligen Comte de la Ferté in Paris, ihren Stiefbruder Bénédict. Ihre gebieterische Patin, Lady Morningquest, bereitet einer zarten Romanze ein rasches Ende und schickt Ellen nach Paris...

»Wieder einer der bestrickenden, aufregenden Romane, die Joan Aiken seit zwanzig Jahren zu einem Publikumsliebling machen.«
Publishers Weekly, New York

Ärger mit Produkt X
Roman. Deutsch von Karin Polz
detebe 21538

Als Martha Gilroy den Auftrag bekam, eine Werbekampagne für ein aufregendes neues Parfüm zu starten, hatte sie keine Ahnung, worauf sie sich da einließ. Eine Reise nach Cornwall, wo sie einige Werbeaufnahmen machen wollte, geriet zu einem Horrortrip.

»*Ärger mit Produkt X* ist der Titel eines herrlich spannenden Krimis, dessen Autorin einen Hang zur Satire hat. Dies macht die Lektüre so amüsant.«
Martina I. Kischke/Frankfurter Rundschau

Tote reden nicht vom Wetter
Roman. Deutsch von Nikolaus Stingl
detebe 21477

Jane, Graham und die beiden Kinder sind eine ganz normale Familie. Graham ist Architekt, Jane hat ihre

Arbeit bei einer Londoner Filmfirma aufgegeben, seit sie in das neue, teure Haus auf dem Land gezogen sind. Geldprobleme zwingen Jane bald dazu, ihren alten Job wieder anzunehmen und dem finsteren Ehepaar McGregor tagsüber Haus und Kinder anzuvertrauen...

»Joan Aiken präsentiert uns rabenschwarze, schaurigschöne Geschichten.« *Die Welt, Bonn*

Die Kristallkrähe
Roman. Deutsch von
Helmut Degner. detebe 20138

Kleine alltägliche Schrecknisse steigern sich in der *Kristallkrähe* über große Verwirrungen zu einem finsteren Ende. Da ist die junge Schriftstellerin, die mit ihrer entsetzlich eifersüchtigen Freundin zusammenlebt, die Ärztin und ihr Bruder, dem sie eine tödliche Krankheit bescheinigt, dazu kommen diverse Schizophrene und Depressive und – ein entwichener Leopard.

»Als ihr Krimi *Die Kristallkrähe* erschien, verglichen die Kritiker sie mit Patricia Highsmith, Celia Fremlin und Margaret Millar. Wenn eine Bezeichnung auf sie paßt, dann wäre das: Storyteller, Geschichtenerzählerin.« *Titel, München*

Der eingerahmte Sonnenuntergang
Roman. Deutsch von Karin Polz
detebe 21473

Lucy reist nach England, um herauszufinden, was mit ihrer alten Tante Fennel und deren Freundin geschehen ist. Die beiden alten Damen lebten im High Beck Cottage am Rand des Hochmoors von Yorkshire. Nun scheinen sie verschwunden zu sein. Was wie ein ganz normaler Verwandtenbesuch beginnt, entwickelt sich rasch zu einem gefährlichen Abenteuer für Lucy...

»Das Beiwort ›unterhaltsam‹ ist für den Psycho-Thriller *Der eingerahmte Sonnenuntergang* von Joan Aiken schlichte Tiefstapelei. Die Lektüre dieses Buches ist ein hochgradiges Vergnügen.«
Martina I. Kischke / Frankfurter Rundschau

Haß beginnt daheim
Roman. Deutsch von Nikolaus Stingl
detebe 21686

Nach einem Nervenzusammenbruch ist Caroline zur Erholung bei ihrer Familie: der Mutter Lad, Trevis, der älteren Schwester Hilda und einer alten Tante. Doch statt zu genesen, wird sie immer verwirrter...

»Das Quartett der vier bösen Damen – Patricia Highsmith, Margaret Millar, Ruth Rendell [d.i. Barbara Vine] und Joan Aiken – ist auf dem Gebiet des Psycho-Krimis nicht zu schlagen. Die Damen verbreiten jenen sanften Schrecken, dem Thriller-Fans nicht widerstehen können.«
Martina I. Kischke / Frankfurter Rundschau

Der letzte Satz
Roman. Deutsch von Edith Walter
detebe 21743

Willkommen in Helikon, dem eleganten Insel-Sanatorium, das seine Gäste vor allen Bedrohungen schützen kann. Außer vor sich selber...

»Dieses Buch ist eine Wonne!«   *The Times, London*

Angst und Bangen
Roman. Deutsch von Renate Orth-Guttmann
detebe 21959

Die Schauspielerin Cat bekommt eine Rolle in einer TV-Serie. Bei Außenaufnahmen auf einem Landsitz in

Dorset lernt sie den Besitzer kennen. Die beiden verlieben sich, heiraten und machen eine Hochzeitsreise nach Venedig. Die Idylle scheint perfekt. Doch als Cat ihrem Mann sagt, daß sie sich erinnert, ihn vor vielen Jahren als liebevollen Begleiter eines dahinsiechenden Greises gesehen zu haben, ändert er plötzlich sein Verhalten ihr gegenüber. Die Love-Story wird zur Suspense-Story.

»Joan Aikens *Angst und Bangen* handelt von geheimen Untaten, von Habsucht, Verrat und Mord. Es kombiniert geschickt das Genre Liebesgeschichte und Thriller.« *London Review of Books*

E. W. Heine
im Diogenes Verlag

Kille Kille

Makabre Geschichten
detebe 21053

»Für die Geschichten von E. W. Heine sollte man einen guten Magen haben. Sie beginnen immer als leichte nette Unterhaltung, aber dann! Heine ist ein Meister der Pointe und schafft es, die Fragwürdigkeit menschlicher Verhaltensweisen in extremen Situationen zu entlarven, Nur schade, daß man von dem Buch nicht lange etwas hat. Einmal angefangen, kann man es nämlich vor der letzten Seite nicht mehr aus der Hand legen.« *Darmstädter Tagblatt*

»Liebhabern gepflegter Kurzgeschichten in der Art Henry Slesars, Roald Dahls und Stanley Ellins ist der Name Ernst W. Heine nicht mehr unbekannt.« *Frieder Middelhauve/Darmstädter Echo*

»Ein Nachfahre von Twain und Poe.« *Salzburger Nachrichtern*

Hackepeter

Neue Kille Kille Geschichten
detebe 21219

»Das Grauen wächst aus dem alltäglichen Leben. Eben deshalb ist es so grauenhaft und makaber.« *Westfälische Rundschau*

»Geschichten, deren hintersinniger Lakonismus in der Tradition von Edgar Allan Poe und Mark Twain bis zu Gustav Meyrink steht. Wo sie gelingen, untergräbt das von ihnen erpreßte Lachen jede Sinnstiftung.« *Stern*

»Für mich ist dieses Buch die Überraschung schlechthin. Den Autor kannte ich bisher nicht. Seine Stories sind überraschend in Aufbau und Pointen. Heine arbeitet nicht mit den üblichen Horror-Effekten. Es ist der Mensch, der den Horror auslöst, die Technik, die immer wieder für makabre Überraschungen sorgt. Grauen im Alltag mit immer wieder purzelbaumschlagenden Pointen.« *Hannoversche Allgemeine*

Kuck Kuck
Kille Kille Geschichten
detebe 21692

»E. W. Heines Alptraum soll es sein, Leser zu langweilen. Da kann er ruhig schlafen: Auch bei seinem dritten Erzählband mit 13 Stories ist nur eines zu bedauern – daß es nicht mehr geworden sind. Meist wird da knapp und knackig aus der Welt bzw. Halbwelt der Kriminalität und verwandter Bereiche erzählt. Und die immer überraschende Pointe lauert kunstgerecht in den letzten beiden Sätzen. Wenn nicht die deutschen Ortsnamen wären, man fühlte sich im tiefschwarzen angelsächsischen Satire- und Schaudergewerbe und die Herren Poe, Twain und Bierce lassen grüßen. Doch bei den Themen liegt der Autor am Puls unserer Tage. Manches meint man (und es stimmt sogar), gerade in der Zeitung gelesen zu haben. Und nun wird die letzte Konsequenz aus der alltäglichen ›Realsatire‹ herausgekitzelt. Von deutscher Umständlichkeit kann man hier nichts bemerken.« *Westfälische Nachrichten*

Das Glasauge
Neue Kille Kille Geschichten
detebe 22471

»In einer Zeit, da den literarisch interessierten Lesern profunde pseudophilosophische Notate über die Postmoderne zuhauf verabreicht werden, fällt E. W. Heine gänzlich aus dem Rahmen. Denn bei der Lektüre darf – je nach Mentalität des Lesers – geschmunzelt oder zuweilen sogar herzhaft gelacht werden.«
Neue Zürcher Zeitung

Mary Hottingers Anthologien
im Diogenes Verlag